L'HOMME
A DEUX TÊTES.

HISTOIRE

DE

FERNAND-CARLOS DE VARGAS.

PAR M. DUMERSAN,

AUTEUR DU SOLDAT LABOUREUR.

> Quelle guerre cruelle !
> Je trouve deux hommes en moi.
> *RACINE.*

AVEC GRAVURES ET MUSIQUE.

TOME DEUXIÈME.

PARIS,

HUBERT, PALAIS-ROYAL,

GALERIE DE BOIS, N° 222.

1825.

L'HOMME

A DEUX TÊTES,

OU

HISTOIRE

DE

FERNAND-CARLOS DE VARGAS.

———◦◦◦◦———

SECONDE PARTIE.

—

CHAPITRE PREMIER.

> « La vie est une chose assez indifférente ;
> » triste quand on l'approfondit, agréable
> » quand on l'esquive. »
> Mad. DE STAEL.

Il y a long-temps que nous avons
perdu de vue don Gusman de Vargas,
et son avocat Manuel Bordognès. Par
le conseil de ce dernier, don Gus-

man avait demandé aux tribunaux
d'être mis en possession du bien de
son oncle. Comme il n'avait pu prou-
ver la mort de don Antonio, le tribunal
avait rejeté sa demande. Alors Bordognès avait attaqué la validité des droits
de don Antonio à la succession entière des biens qu'il possédait, et dont
il réclama le partage en faveur de son
client. Cette affaire fut plaidée et don
Gusman perdit. Il demanda alors à
être reconnu le légitime héritier des
biens de don Antonio, lorsque sa
mort serait constatée et qu'il y aurait
lieu à succession. Le procès ou plutôt
les trois procès consécutifs avaient
duré plusieurs années ; ils avaient été
portés de cours en cours, et tout annonçait que don Gusman obtiendrait
enfin sa dernière demande. Il n'attendait que cela pour former celle d'obtenir la gestion des biens de son parent
absent. Il avait vu les juges assez bien
disposés, et il espérait une heureuse

issue, lorsqu'un incident vint changer la face des choses.

Juan Pcrès parut à l'audience, et produisit l'acte de naissance d'un enfant mâle, qui devait selon toutes les lois hériter de son père.

Cette nouvelle fut un coup de foudre pour don Gusman : mais Bordognès demanda que l'acte de naissance fût vérifié, ainsi que les signatures de don Antonio de Vargas, et celle du révérend père Ambrosio. Juan Perès déclara que cet acte existait en double, et que l'un des deux était déposé dans les archives du couvent des dominicains de Séville, dont le père Ambrosio était à cette époque un des religieux ; et quant à la copie qu'il présentait au tribunal, il demanda qu'on en fît vérifier les signatures par des experts, ce qui fut fait sur-le-champ, et audience tenante, l'acte fut reconnu valable. Bordognès demanda alors où était l'héritier de la famille de Vargas, et comment il se faisait que personne ne l'eût jamais vu, et n'en eût entendu parler. Enfin il supplia le tribunal d'exiger que l'on fît comparaître cet héritier, sans quoi on pourrait douter qu'il existât encore; et il y aurait lieu de croire que sa disparution et celle de son père et de sa mère, cachait quelque mystère criminel, que la justice devait éclaircir.

« Cet héritier, dit alors Juan Pérèz, habite, depuis sa naissance, le château de Vargas, près le village de San Lucar, au bord de la mer, et des raisons de famille très-importantes ont décidé don Antonio à fixer, dans cette habitation isolée, la demeure de son fils. Si le tribunal doute de ma véracité, il peut s'en assurer en chargeant un de ses membres de venir avec moi constater l'existence de Fernand-Carlos de Vargas. » Bordognès demanda la permission de se joindre à la personne chargée de cette enquête; mais Juan

Pérèz fit observer que cette affaire renfermait un secret de famille très-important, et qu'il suffirait que la justice fût instruite de la vérité des faits, sans qu'elle eût besoin de les révéler à sa partie adverse.

On nomma un des membres du tribunal pour aller avec Juan Perèz, et le jugement fut ajourné jusqu'après son rapport.

Don Gusman, très-surpris de ce nouvel incident, qui venait, après tant d'années d'attente, renverser toutes ses espérances de fortune, forma le projet d'approfondir par lui-même ce singulier mystère. Il pensa bien que le commissaire nommé par les juges ne mettrait pas une grande précipitation à cette affaire; et comme elle l'intéressait particulièrement, il jugea à propos de s'en occuper très-promptement. Dès le lendemain, il fit seller son cheval, ordonna à son domestique de le suivre, et se mit en route pour le village de San-Lucar.

Jusqu'alors don Gusman, étourdi par le tourbillon du monde, livré à tous les plaisirs de la jeunesse, avait peu réfléchi, et n'en avait guère eu le temps. Entraîné par la fougue des passions, il avait achevé de dissiper presque entièrement sa fortune. Des emprunts considérables avaient grevé ses propriétés de fortes hypothèques. Après avoir eu recours aux usuriers, qui ne prêtent que quand il y a cent pour cent à gagner, il avait fini par n'avoir plus de ressources, et cependant il ne pouvait se décider à changer son train de vie et ses manières prodigues. Comme à tous ses défauts, qui ne faisaient tort qu'à lui seul, il joignait un caractère aimable, un esprit brillant, une gaîté inaltérable et une bravoure à l'épreuve, il avait toujours été généralement aimé des femmes et estimé des hommes.

Cependant, il vient un âge où le plus étourdi commence à réfléchir; il ne faut qu'un moment pour décider ce retour sur soi-même, et ce moment était arrivé pour don Gusman.

Monté sur son andaloux, il suivait le cours du Guadalquivir, s'abandonnait à ses rêveries, et formait, sur l'issue de son voyage, mille conjectures qui se succédaient et s'évanouissaient avec une égale rapidité.

La route solitaire, le bruit des eaux qui roulaient près de lui, un ciel orageux, le spectacle d'une nature sauvage, donnaient à ses idées une teinte de mélancolie. Ses pensées se reportèrent sur les années écoulées de sa folle jeunesse, et sur l'espoir peu flatteur que lui présentait l'avenir. Le contraste de la ville populeuse et bruyante qu'il venait de quitter, pour entrer dans des campagnes arides et désertes, lui semblait l'image de sa vie. Il commença, pour la première fois, à voir d'un œil sensé les jouissances frivoles qu'il avait tant désirées, et auxquelles succédait le vide de l'inu-

tilité. Quelques soupirs s'exhalèrent de
son sein oppressé. Il fit plusieurs lieues
en gardant un triste silence. Fabrice,
son valet, le suivait avec cette heureuse insouciance de l'homme qui s'est
débarrassé du soin de se conduire lui-
même, et qui, par une entière abnégation de la dignité humaine, a su
acquérir le droit de vivre sans soucis
et sans inquiétudes. Son maître ne lui
avait pas dit où il allait : cela lui im-
portait fort peu. Il faisait suivre à son
cheval celui de don Gusman, et ne
réfléchissait pas plus que sa monture.

Tout-à-coup, Fabrice partit d'un
grand éclat de rire, qui interrompit le
profond silence de la vallée monotone
où se trouvaient alors nos voyageurs.

Gusman, étonné, se retourna, et
demanda la cause d'un accès de gaîté
si subit.

Fabrice, habitué au respect, s'ex-
cusa, mais ne put comprimer sur-le-
champ le mouvement nerveux qui

avait provoqué en lui cette convulsion de gaîté.

— Parle, Fabrice, lui répéta Gusman avec douceur. Je ne me fâche point ; mais comme ton éclat de rire faisait un singulier contraste avec les idées sombres qui m'occupaient, je désire savoir ce qui l'a excité.

— Ma foi, monsieur, répondit Fabrice, je serais fort embarrassé de vous le dire. Seulement j'ai trouvé si drôle que nous ayons fait cinq ou six lieues sans parler, que cela m'a fait rire involontairement.

— Comment ! une réflexion si simple t'a mis en gaîté ? Il ne te faut pas des motifs plus puissans pour déterminer ta conduite ? Tu es donc un automate aussi matériel que l'animal que tu conduis.

— Pardon, monsieur, j'ai entendu dire que les bêtes pleuraient comme les hommes ; mais que ce qui les dis-

tinguait de nous, c'est qu'elles n'a-
vaient pas la faculté de rire.

— Comment diable ! tu argumentes
comme un docteur. Est-ce que tu aurais étudié ?

— Un peu, monsieur. J'ai été pendant deux ans au service d'un jeune
seigneur, que ses parens avaient envoyé à l'université de Salamanque.
Comme il avait l'espérance d'une
grande fortune, il regardait les études
qu'on voulait lui faire faire comme la
chose du monde qui lui serait la plus
inutile pour manger son bien, et il
me donnait des gratifications assez
fortes pour que j'apprisse ses leçons à
sa place, de manière à pouvoir faire
ses devoirs pendant qu'il passait son
temps à se divertir. Il est vrai qu'il arrivait fort souvent que les thêmes et
les versions se ressentaient de mon
peu d'habileté dans la langue de Cicé-
ron, et que le révérend père Ignacio,

son professeur, faisait payer au posté-
rieur de don Garcias de Marialva, mon
maître, mes barbarismes et mes contre-
sens; mais il aimait mieux être fustigé
que de travailler. Seulement quand il
avait été puni par ma faute, il s'en
vengeait en me pinçant, m'égratignant
et me rouant de coups. Comme, du
reste, il me payait généreusement, je
faisais à part moi ces réflexions : quel
est le métier dans la vie qui n'a pas
son beau et son vilain côté? Quel est
celui qui est entièrement exempt de
tribulations ? Il n'y en a aucun. Mon
père voulait que je me fisse soldat. Il
y a dans ce métier bien autre chose à
recevoir que des égratignures et des
coups de poings. De plus, on est mal
vêtu, mal couché, mal nourri ; et
quand on a un bras ou une jambe de
moins, notre gracieux souverain, Philippe II, ne vous fait pas une pension
de retraite comme j'en aurai une dans
la maison des seigneurs de Marialva.

Ma mère voulait que je me fisse moine.
Ma paresse s'accommodait assez de cet
état : mais après deux mois de noviciat, les jeûnes, la discipline, les aus-
térités me rebutèrent tellement, qu'un
beau jour je sautai par dessus les murs
du couvent, et j'allai me faire garçon
d'écurie dans un cabaret. Je pris beaucoup de goût pour les chevaux, ce qui
me valut l'honneur d'entrer comme
palfrenier dans les écuries du seigneur
de Marialva. Le jeune Garcias, qui avait
aussi le goût de l'équitation, m'eut bientôt distingué, m'attacha à sa personne,
et m'emmena avec lui, lorsque ses
parens l'envoyèrent à l'Université.

— Et pourquoi, demanda don
Gusman, as-tu quitté le service d'une
maison où l'on donne aux domestiques des pensions de retraite ?

— Quitté, mon cher maître ? Hélas ! vous renouvelez mes chagrins.
Le bon seigneur de Marialva mourut ; son fils se trouva en possession

d'un fort bel héritage ; nous retour-
nâmes à Séville. Quand mon jeune
maître eut donné aux larmes, le temps
impérieusement exigé par les conve-
nances, il se consola en comptant les
écus du bonhomme. Ah! s'il n'eût
fait que les compter ; mais il avait un
tel mépris des richesses, qu'il dissipa
en peu d'années le bien que son père
avait amassé en un demi-siècle par
les plus belles économies. Vous répé-
terai-je les excellens conseils que je
lui donnais, et que j'avais puisés dans
la lecture des auteurs que j'avais étu-
diés pour lui à Salamanque? Monsieur, lui disais-je, voyez où vous con-
duira votre dissipation : vous ruinez
votre fortune ; et, si vous continuez
ainsi, que deviendra dans peu de
temps l'illustre maison de Marialva?
Cette maison, renommée par le nombre et l'excellente tenue des domestiques ! Que deviendront tous ces ser-
viteurs affectionnés auxquels M. votre

père a promis des pensions ! La vie est longue, Monsieur, quand elle est malheureuse. Si le plaisir abrège les heures, la peine allonge les minutes. Si ce n'est par pitié pour vous-même, que ce soit pour vos domestiques. Mettez à part, avant de vous ruiner, un fonds qui servira à leur faire des rentes.

» Il riait comme un fou de mes sermons ; car il avait le caractère très-gai. Il se ruina en riant, et, un beau jour, voyant qu'il n'avait plus de quoi vivre, il partit gaiement pour la Flandre, et se fit tuer dans une bataille.

» Vous n'imaginez pas la douleur de tous ces pauvres domestiques, qui se virent frustrés des pensions de retraite sur lesquelles ils avaient compté. » Moi, qui n'avais pas fait d'économies, parce que je pensais avoir un avenir assuré, je cherchai une autre condition. On m'offrit d'entrer chez

un chanoine, chez un médecin ; mais
ces gens-là n'ayant pas de chevaux,
je donnai la préférence à Votre Seigneurie, auprès de laquelle je me
considère moins comme un domestique que comme un écuyer. » En disant ces mots, il poussa son cheval
par un mouvement gracieux et léger,
et se mit presque sur la même ligne
que son maître, dont il s'était tenu
jusqu'alors à une distance respec-
tueuse.

Don Gusman ne put, à son tour,
s'empêcher de rire de la douleur des
domestiques déshérités, de la préférence que lui avait donnée Fabrice
à cause de ses chevaux, et du petit
mouvement de vanité qui l'avait fait
rapprocher les distances, en se donnant le titre d'écuyer.

« Mon pauvre Fabrice, lui dit don
Gusman, tu mérites sans doute ce titre ; mais tu t'avises de me le demander un peu tard ; car, excepté que je

n'ai pas l'intention d'aller me faire
tuer en Flandre, mon histoire ressemble furieusement à celle de don
Garcias de Marialva.

— Tant pis, Monsieur, dit Fabrice
en prenant un ton plus familier. Il
paraît que chez vous il n'y aura pas
non plus de pension; j'avais pourtant
ouï dire que vous deviez gagner un
procès considérable.

— J'ai quelqu'espoir de ne pas le
perdre tout-à-fait, et le voyage que
nous faisons aujourd'hui est relatif à
cette affaire.

— Où allons-nous donc, Monsieur?
Nous avons l'air de nous diriger vers
un pays peu habité, et où je ne pense
pas qu'il y ait de cour souveraine
pour juger votre procès.

— Aussi n'allons-nous pas dans une
ville. Nous marchons vers un château qui appartient de temps immé-
morial à ma famille. Tout le pays, à
quelques lieues à la ronde, relève

des seigneurs de Vargas, qui sont haut-justiciers, et qui exercent tous les droits de la suzeraineté.

—Diable! Et ce château vous appartient-il?

— On me le conteste, ainsi que tout l'héritage de mon père, dont j'ai été frustré par un oncle injuste... Mais, quand je te conterais tout cela, tu n'y comprendrais rien, puisque moi-même je n'y comprends pas grand chose, quoique l'avocat Bordognès ait voulu cent fois m'expliquer cette affaire.

— Monsieur, voulez-vous m'en croire? Méfiez-vous de ce petit vieillard; vos intérêts sont mal placés dans ses mains. Voilà bien des années qu'il s'occupe de votre procès, et je ne crois pas qu'il ait l'intention de le faire finir de sitôt.

— Quelles raisons as-tu de te méfier de lui?

— J'en ai plus que vous ne pen-

1 *

sez. D'abord, le seigneur Manuel-
Bordognès... »

— Comme Fabrice disait ces mots
en se redressant sur son cheval du
ton d'un homme important et fier de
se voir consulté ; il se sentit légère-
ment toucher sur l'épaule ; il retourna
la tête, et ses paroles expirèrent sur
ses lèvres, quand il aperçut Manuel-
Bordognès lui-même, en habit de
campagne et monté sur un petit cheval gris. Il tenait encore d'une main
la cravache dont il avait touché l'é-
paule de Fabrice. De l'autre il mit le
doigt sur la bouche, en signe de silence, lui montra deux pistolets qu'il
portait à sa ceinture, et tournant par
un chemin creux que masquait un
bouquet d'arbres, il disparut aussitôt.

« Eh bien, dit don Gusman, le seigneur Manuel Bordognès?... achève
donc ta phrase, et dis-moi quelles
sont les causes de ta prévention contre lui.

— Je le crois un fort honnête homme , répondit Fabrice à très-haute voix, en tournant la tête du côté du chemin creux; puis, se rapprochant de son maître, il lui dit à voix basse : « Tous ces gens d'affaires vivent de procès , et celui-ci n'est pas fâché de gagner de l'argent avec vous. — Si c'est là, reprit don Gusman , tout ce que ta sagacité a découvert, je suis aussi habile que toi; mais tu t'annonçais en homme profondément instruit, et tu me fais une réponse triviale. Fabrice, tu as changé de pensée : tu allais me dire quelque chose que la prudence ou toute autre considération t'engage maintenant à me cacher. — Ah! mon cher maître, vous avez de moi une opinion trop favorable; voilà notre ridicule, à nous autres demi-savans; c'est de trop nous avancer; et, quand nous sommes engagés de manière à ne plus reculer, nous ne pouvons plus nous en tirer. — Tu mets sur le compte de ton défaut d'esprit, une réticence qui prouve que tu es plus fin que je ne croyais. » Gusman cessa la conversation. Fabrice était sur les épines : il tournait à tous momens la tête du côté du chemin creux qui bordait la route. A chaque mouvement du feuillage, il croyait voir derrière les arbres Manuel Bordognès, et le moindre bruit lui semblait être le pas de son petit cheval gris. Le jour commençait à baisser, lorsque nos voyageurs aperçurent une auberge d'assez mince apparence, comme la plupart de celles d'Espagne, et comme elles l'étaient sur-tout à cette époque.

Don Gusman était redevenu sérieux ; il descendit à l'auberge, demanda une chambre, et, après avoir jeté un coup d'œil sévère sur Fabrice, il suivit la servante, qui le conduisit dans une pièce haute assez délâbrée, qu'elle lui assura être la plus belle de la maison. Là, il se jeta dans un grand fauteuil, couvrit son visage de ses mains, et s'abandonna à ses réflexions.

Fabrice, désolé de ce que son maître avait pris le change sur ses intentions, menait tristement les chevaux à l'écurie, en songeant à la singulière rencontre qu'il avait faite, lorsque le palefrenier vint lui offrir ses services. « Laissez-moi faire; lui dit Fabrice; le cheval de mon maître et le mien ne sont jamais arrangés que par moi : ces bons animaux ne pourraient souffrir une autre main. » En disant ces mots, il entra dans l'écurie, et ce ne fut pas sans frayeur qu'il vit au ratelier plusieurs chevaux au milieu desquels était un petit cheval gris qui ressemblait beaucoup à celui de Manuel-Bordognès. Pour s'en assurer cependant, il demanda au garçon si tous ces chevaux appartenaient à la maison ou à des voyageurs. — Qu'est-ce que cela vous fait, répon-

dit le garçon d'écurie? Arrangez les
vôtres vous-même, puisque cela vous
convient; mais que cela ne vous empêche pas de me donner demain le
pour-boire qui me revient. — Oh,
l'ami! reprit Fabrice, qui crut voir
d'où était venue l'humeur du palefrenier, il ne s'agit pas ici d'économie;
je désire que les voyageurs à qui ap-
partiennent ces chevaux vous donnent un aussi bon pour boire que moi.
— Et qui vous a dit que ces chevaux
fussent à des voyageurs, répondit le
palefrenier? Vous ai-je dit un mot de
cela? — Non, continua Fabrice; c'est
que ce petit cheval gris ressemble...—
Oh, Oh! interrompit le palefrenier,
n'y a-t-il qu'un petit cheval gris dans
le monde? » En disant ces mots, il
tourna le dos à Fabrice, et se mit à
siffler en vannant quelques mesures
d'avoine qu'il vint ensuite mettre
dans la mangeoire. Quand Fabrice eut
fini d'arranger ses animaux, il se ren-

dit à la cuisine, se promettant bien
d'examiner tous les voyageurs; et,
s'ils ne se montraient pas, de remarquer dans quelles chambres on les
servirait, afin de s'assurer si Manuel
était dans l'auberge, et, de plus, s'il
y était seul ou en compagnie. Il s'assit donc au coin du feu, et, il ne fut
pas plutôt sur sa chaise, qu'il s'endor-
mit profondément.

~~~~~~

CHAPITRE II.

Loin des lieux où vos mains la retiennent captive,
Elle fuit comme un trait, elle vole, elle arrive
Aux murs qu'elle a couverts de sa postérité;
Et ramène la joie à son nid attristé.

LA BYZANCIADE.

LES premiers sons de la cloche du couvent tirèrent la malheureuse Inès de la morne stupeur dans laquelle elle avait passé la nuit. Elle se leva, pâle, les yeux rouges, les lèvres tremblantes de colère; elle marcha d'un pas précipité vers l'église, dans la ferme intention de faire du scandale, d'interrompre le service divin, et de demander sa fille à haute voix.

Elle met le pied sur le seuil de la porte du temple, au même instant l'orgue fait entendre sur sa tête un bruit semblable à celui du tonnerre ; elle s'arrête; l'orgue se tait, elle fait un pas, ouvre la bouche... Un chœur mélodieux s'élève jusqu'aux voûtes, son courage l'abandonne, toutes ses facultés sont suspendues, ses yeux se portent autour d'elle, tous les fidèles sont prosternés, elle tombe à genoux et un torrent de larmes vient inonder son visage et soulager son cœur gonflé d'amertume.

Hélas! se dit alors cette mère infortunée, je me perdrais sans sauver ma fille! Employons un autre moyen : parlons en particulier au père Rosario. Tâchons d'obtenir de lui quelque éclaircissement sur cette aventure mystérieuse! Comme elle réfléchissait ainsi, elle se sentit tirer par sa robe, et levant les yeux, elle vit Pedro, son neveu, accompagné du vieil Enrique qui mit son doigt sur sa bouche, et lui fit signe de les suivre.

Inès se leva, sortit de l'église, et

quand elle fut à quelques pas, elle demanda ce qu'on lui voulait : puis frappée d'une idée subite, elle dit à Pédro et à Enrique, le sourire est sur vos lèvres; vous venez m'annoncer une bonne nouvelle ; ma fille?—Paix! lui dit Enrique, contenez-vous; suivez moi; vous allez la revoir. La joie d'Inès ne pouvait se comparer qu'à la douleur qu'elle avait ressentie; Elle fut prête à perdre connaissance, s'appuya sur le bras de Pedro, et suivit Enrique dont le pas, rallenti par l'âge, lui semblait trop lent au gré de son impatience.

Cependant, Enrique lui contait en route comment cette jeune personne s'était échappée d'un pavillon isolé où don Salvador l'avait renfermée : il lui fit part des craintes qu'il avait, que l'issue découverte par Angéla ne fut aussi trouvée par son persécuteur, et il l'engagea, aussitôt qu'elle serait arrivée au château et que sa fille serait dans ses bras, à partir avec elle et à lui chercher un asile plus sûr que le château de Vargas. Inès sentait la justesse de ses raisons : mais l'embarras était de trouver un lieu où l'on fut à l'abri d'un persécuteur puissant, auquel sa charge de corrégidor donnait des armes redoutables.

Lorsque Inès arriva au château, elle trouva sa fille entre Flora et un petit vieillard qui se leva précipitamment à son arrivée, et qui courut au devant d'elle avec empressement. Ma mère, s'écria Angéla, en se jettant dans ses bras nous avons trouvé un protecteur.

Inès presse sa fille contre son cœur, puis jette un œil inquiet sur le vieillard, qui lui dit : « Inès, vingt an» nées ont pu effacer mes traits de » votre mémoire, mais ceux de votre » époux, de mon ami, que j'ai retrou» vés sur l'aimable figure de votre fille, » me seront toujours présents. Je » crois le voir encore ! Le jour où les

» soldats du duc d'Albe , combattant
» contre nous, près de Gravelines ,
» nous entouraient, et étaient prêts
» à nous écraser par leur nombre. J'é-
» tais renversé, mon sang coulait,
» j'allais être foulé aux pieds des che-
» vaux, quand le brave Gabriel m'en-
» leva dans ses bras, me mit sur son
» cheval, et m'emporta hors de la
» mêlée. Ce jour fut marqué par la
» victoire que remporta le duc d'Eg-
» mont. Il commença l'amitié que je
» conservai pour votre époux jusqu'au
» jour de sa mort, et que j'aurai pour
» sa famille jusqu'au jour de la
» mienne. »

Vous êtes le seigneur Manuel de
Melsem! s'écria Inès : il y a bien des
années que je ne vous avais vu; je
vous reconnais maintenant : oui,
voilà bien vos yeux brillants, votre
sourire malin... Mais quelle protection pouvez-vous nous offrir? — Ne
m'interrogez pas; qu'il vous suffise de

savoir que je suis un simple avocat
de Séville : que je ne suis connu dans
ce pays que sous le nom de Bordognès, mais que j'ai des amis tout
puissans.

— Vous avez quitté la carrière des
armes, demanda Inès? — Oui, dit
gaîment le vieillard : la voix de la nécessité m'a crié · *Cedant arma togæ*.
Mon bras n'était plus assez fort pour
porter l'épée, mais ma main est encore assez habile à guider la plume.
Voyons, mes enfans, contez moi vos
chagrins et vos inquiétudes ; Angéla
m'a déjà mis au fait de bien des choses :
mais j'entrevois un mystère qu'il est
important que j'éclaircisse. Il faut,
mes amis, que mon arrivée dans ce
château soit ignorée de tout le monde.
Je vous annonce la visite très-pro-
chaine du seigneur don Gusman de
Vargas, c'est à lui, surtout, qu'il est
important de cacher mon séjour en
ces lieux.

Je suis sûr de votre discrétion, ma chère Inès. Quant à celle de ces bonnes gens, je vais m'en assurer. Mon ami, dit-il alors à Enrique, votre long séjour dans la maison de Vargas, doit vous avoir attaché à vos maîtres; sachez donc que je travaille pour eux, et que mon entreprise a pour but le bonheur de leur famille persécutée. Si cela ne suffisait pas pour vous engager à me seconder, du moins par votre silence, apprenez que j'ai le pouvoir de vous faire mettre dans les prisons de l'inquisition, et que si l'on vous y faisait enfermer, je suis assez puissant pour vous tirer de ses cachots.

Monsieur, lui répondit Enrique, si vous êtes l'ami de mon maître, vous devez savoir les secrets de sa famille, vous devez être instruit du lieu qu'il habite, si toutefois il n'est pas mort, comme tout le monde le croît, et vous savez enfin.... qu'il a un héritier, dit

Bordognès en l'interrompant. Nous causerons de cela quand nous serons seuls. En attendant, conduisez-moi dans la chambre du pavillon qu'a long-temps habité la dame Jacinthe. — Vous savez?... — Je sais bien d'autres choses! Il s'adressa ensuite à Inès, et l'engagea à retourner dans sa maison avec sa fille et son neveu, à n'avoir aucune crainte de don Salvador, et à attendre sa visite le lendemain.

Angéla ne demandait pas mieux que de quitter le château; elle prit le bras de sa mère, et s'achemina vers sa maison où la vieille Catalina la reçut, doutant si elle veillait, et si c'était réellement, sa petite-fille, tant elle avait esprit frappé que le démon l'avait emportée.

~~~~~~

CHAPITRE III.

Ce fameux Bajazet qu'on surnommait la foudre ,
Vainqueur de tant de rois et de tant de cités ,
Vit s'arrêter le cours de ses prospérités..
Au plus sanglant affront, contraint de se résoudre,
Il subit le destin des cruels animaux ,
Qu'une cage de fer retient sous ses barreaux.

Poème inédit.

Nous avons laissé l'homme à deux têtes, dans les cachots du couvent des Dominicains. Ce n'était pas la prison ordinaire du Saint-Office, mais un lieu provisoire où l'on entassait des victimes destinées à être transférées plus tard à Séville, à Madrid et dans les villes où l'inquisition avait ses tribunaux suprêmes.

Nous n'avons pas oublié que l'antique château de Vargas construit par les Maures, avait des souterrains im-

menses, et des passages qui s'éten-
daient jusqu'à l'Eglise et aux bâtimens
du couvent des dominicains.

Don Salvador, qui avait dans le voisinage une très-belle propriété, avait
découvert, dans un endroit isolé de son
parc, un long passage souterrain qui
conduisait à un pavillon isolé et presque ruiné. Il y fit faire des répara-
tions, et le rendit habitable. Ce réduit
solitaire convenait à divers projets
qu'il roulait dans sa tête. Il ne savait
pas que ce pavillon, situé au milieu
d'une forêt, dépendait du château de
Vargas et y communiquait par plusieurs issues.

Ces détails sont nécessaires pour
l'explication de plusieurs des scènes
qui se passeront sous nos yeux.

Il est nécessaire aussi de faire connaître à nos lecteurs le caractère de
Salvador. Cet homme, qui avait été
soldat dans sa jeunesse, avait déserté,
puis s'était fait dévot, et à force d'in-

trigues était parvenu à la place de grand corrégidor, à laquelle il joignait plus mystérieusement le titre d'inquisiteur séculier pour la foi.

Cet homme, aussi mauvais magistrat qu'il avait été mauvais soldat, n'était, ni un incrédule ni un esprit fort. Il était au contraire faible et superstitieux ; mais il était entraîné par ses passions, ses goûts criminels et ses habitudes vicieuses. Tous les lâches sont cruels, Salvador en donnait la preuve par la sévérité avec laquelle il exerçait ses fonctions mystérieuses d'inquisiteur, et ses fonctions publiques de magistrat. Il croyait, par la cruauté de son zèle, racheter les fautes que son cœur corrompu lui faisait commettre ; et loin d'être intrépide dans le crime, les frayeurs de l'enfer l'obsédaient perpétuellement. La solitude, l'obscurité lui étaient insupportables. Il avait quelquefois des visions qui le terrifiaient. Des remords et une conscience troublée pouvaient seuls être causes des tourmens intérieurs qu'il éprouvait, et qu'il savait déguiser en les faisant passer pour des extases, des effusions de la grace, des communications spirituelles, et autres inventions de l'hypocrisie.

Tel était l'homme à qui les charmes d'Angéla avaient fait concevoir le projet d'un nouveau crime, et qui voyait dans Fernand-Carlos un être mystérieux envoyé par le démon pour le tourmenter; ce que la monstruosité de l'homme à deux têtes pouvait rendre vraisemblable à des yeux aussi superstitieux que les siens.

Il aurait dû songer que le démon, au lieu de mettre obstacle à ses projets criminels, lui en eût plutôt facilité l'exécution. Mais les passions ne raisonnent pas; et le coupable crédule espérait se servir des foudres de l'église pour se défendre contre l'esprit malin.

Quelle fut donc sa surprise, lorsqu'en arrivant au pavillon où il avait
enfermé Angéla, il apprit qu'elle avait
disparu la veille, sans que l'on eût
aperçu aucune trace de sa fuite. Il
l'attribua sur-le-champ à la puissance
de l'esprit des ténèbres, et il donna
des ordres pour que l'on vît si l'homme
à deux têtes était encore dans sa prison. Dès qu'on le lui eut assuré, dé-
sirant l'éloigner le plus possible du
lieu qu'il habitait, il ordonna qu'il
fut mis dans une cage de fer, et conduit sans délai à Séville.

Au milieu de la nuit, Fernand-Carlos fut en effet transporté dans une
cage grillée que l'on mit sur un charriot, et il se sentit entraîner sans savoir où on le conduisait. Les premiers
rayons de l'aurore lui découvrirent
toute l'horreur de sa situation. Il se
vit sur un charriot traîné par des mules, conduit par un charretier, et es-
corté de deux gardes. Une espèce de

rideau couvrait la cage dans laquelle il était couché sur un matelas. Absorbés dans leurs pensées, les deux frères ne songèrent ni à regarder le chemin que suivait leur voiture, ni à faire la moindre question à leurs conducteurs. Vers midi la voiture s'arrêta sous quelques arbres, les trois hommes s'assirent à l'ombre, et Fernand-Carlos entendit la conversation suivante.

« Le soleil est dans son plein, mes » mules sont lasses, reposons-nous » ici quelques heures, nous conti- » nuerons notre route à la fraîche. » C'était le conducteur qui parlait ainsi. — Vous avez raison, lui répondit un des gardes, nos chevaux vont paître et se rafraîchir. Pour nous, il me semble qu'il est temps de manger un morceau. — Oui, dit l'autre garde, s'il est midi sonné; car c'est aujourd'hui jour de jeûne; et par saint Jacques, mon patron, je n'ai jamais manqué à mes devoirs de religion. —

Ni moi non plus, reprit le muletier, excepté quand je n'ai pas pu faire autrement. Mais lorsqu'il m'est arrivé de manquer un jeûne, ou de manger de la viande le vendredi, j'ai dit plus de cent *pater* et de cent *ave*. Dame, dans mon métier, on vit comme on peut; toujours sur les routes, on n'est pas certain d'arriver à une paroisse pour entendre la messe le dimanche.

— Parlez donc de votre métier! dit alors le second soldat, que dirai-je du nôtre? Croyez-vous donc que dans les camps et sur les champs de bataille, on ne soit pas plus géné que lorsqu'on mène des mules sur une grande route? Mais nous avons dans chaque régiment un aumônier qui nous permet de boire et manger ce que nous trouvons, et qui nous dispense du jeûne quand il faut faire l'exercice ou nous battre.

— Bah! dit en riant le muletier, vous autres soldats, vous êtes des *par-*

payots! tout vous est permis ; vous pillez, vous violez, vous massacrez, et vous croyez que vous ne serez pas damnés, tandis que je le serais pour avoir mangé le vendredi un civet de matou plutôt que de mourir de faim?

— Maître Pierre, reprit le soldat avec une gravité admirable, et en retroussant sa longue moustache : tuer, piller et violer, ce sont les devoirs de notre état ; et la veille d'une bataille ou de l'assaut d'une ville, l'aumônier nous donne à tous l'absolution d'avance, sans cela, morbleu! qui est-ce qui voudrait servir le roi? Je suis bon catholique, et je veux pouvoir prendre l'argent d'un bourgeois, ou violer sa femme, en toute sûreté de conscience.

— Les soldats ne sont pas gibier pour le diable, ajouta celui qui avait parlé le premier ; à la bonne heure les muletiers.

— Eh bon Dieu! s'écria le muletier :

à propos du diable, n'en parlez pas comme cela; et n'en dites sur-tout pas de mal, car il n'est pas loin, et pourrait vous entendre.

—Comment? il n'est pas loin, dirent les deux soldats effrayés; que dites-vous-là, maître Pierre ?

—Est-ce que vous ne savez pas, reprit le muletier, qui nous conduisons dans cette cage de fer ?

—Non, par saint Jacques, répondit le soldat; nous n'avons pas l'habitude de prendre des informations pour obéir. On nous donne des ordres, nous les exécutons sans réfléchir : nous avons obtenu notre congé, et nous retournons à Madrid. Notre lieutenant nous a chargés, chemin faisant, de conduire cette voiture jusqu'à Séville; nous l'escortons, renfermât-elle le....

— Paix, encore une fois, dit le muletier, c'est lui-même qui est dans cette cage, et s'il ne sort pas au travers les barreaux, c'est qu'ils ont été bénis par le révérend père Rosario, et qu'il n'ose pas y toucher.

— Bon! dirent à la fois les deux braves en faisant des signes de croix; ce que vous dites-là est-il bien vrai?

—Vrai, comme le père Rosario est un saint homme.

—Si je n'avais pas peur de sa griffe, dit le premier soldat, je serais bien curieux de voir le diable; mais il doit avoir le bras long, et il n'aurait qu'à le passer entre deux barreaux sans les toucher, il me tordrait le cou.

— Si c'est vraiment le diable que vous voiturez, dit l'autre, où le menez-vous comme cela? Vous savez donc le chemin de l'enfer?

— Je le mène aux prisons de l'in-quisition : c'est la même chose, à ce qu'on dit. Non pas que je veuille dire du mal du saint office! que le grand saint Dominique m'en préserve; mais

2 *

j'entends par là, que quand on y est,
ou n'en sort pas.

— Et qu'il y fait chaud, dit le
premier soldat.—Oui, continua le second, puisque l'un et l'autre vous
grillent. Mais à quoi sert de mener le
diable brûler là, est-ce qu'il ne brûle
pas assez bien chez lui?

— Ne raisonnons pas, dit le muletier, j'aurais autant aimé être chargé
d'une autre commission que de celle-
là; mais je suis muletier du couvent,
et je n'ai pas envie de perdre ma
place en désobéissant.

Tout en parlant ainsi, les trois
raisonneurs mangeaient quelques provisions qui garnissaient le bissac du
muletier, et donnaient quelques ac-
colades à une oûtre pleine de vin qu'il
portait toujours en route, et qu'il
partageait assez généreusement, parce
qu'il était bien aise de s'assurer la
bienveillance des deux alguasils. Une
voix qui sortit de la cage de fer, at-
tira leur attention : c'était celle de

Fernand qui dit : — « La chaleur est accablante. — Carlos lui répoudit : Je voudrais bien avoir un verre d'eau pour raffraîchir mon palais desséché.

Est-ce qu'ils sont deux? demanda le premier soldat au muletier. — Non, dit celui-ci : et cependant j'ai distinctement entendu deux voix.—Il demande de l'eau pour se rafraîchir. —Lui en donnera qui voudra, répondit le soldat. — Ce sera donc moi, dit en se levant le soldat qui avait parlé le second et qui s'était donné pour si bon catholique.—Y songes-tu? lui dit son camarade. — Pourquoi pas!... *donne à boire à ceux qui ont soif*, dit l'évangile, et c'est une œuvre de charité. — Mais exercer la charité envers le diable? — Saint Martin ne lui donna-t-il pas la moitié de son manteau?—C'est vrai. — Et puis, on ne sait pas ce qui peut arriver, il faut avoir des amis partout; l'aumônier n'est pas toujours là pour me donner des absolutions; un boulet de canon peut m'envoyer *ad patres nostros*, sans me laisser le temps de faire un acte de contrition, et si je vais dans l'enfer, ce diable aura pitié de moi comme j'ai eu pitié de lui. En parlant ainsi, Québrantador, c'est le nom du soldat, tira le rideau, et vit Fernand Carlos assis dans la cage.

—Dieu me pardonne, s'écria Québrantador, je n'ai pourtant pas trop bu, et j'y vois double. — Quoi! sont sont-ils deux, demanda le muletier? — Je n'en vois qu'un, reprit Québrantador; mais ou mes yeux me trompent, ou il a deux têtes. — mon ami, dit alors Carlos d'une voix douce, vos yeux ne vous trompent point, approchez, n'ayez aucune crainte. C'est un homme comme vous qui vous parle; le ciel récompensera votre charité. Un verre d'eau donné de bon cœur à l'homme qui souffre, est plus agréable à Dieu que la riche aumône

de l'opulence donnée, avec osten-
tation. — Voilà, sur mon âme,
s'écria Québrantador, un diable qui
parle en bon chrétien. Qui que vous
soyez, l'ami, prenez cette gourde
d'eau fraîche que j'ai remplie à la
source voisine, et comme on ne peut
pas boire sans manger, voilà un crou-
ton de pain qui ne vous fera pas de
mal... Tout en parlant, il se frottait
les yeux, et il ajouta : Au nom de la
Sainte-Vierge, si vous la connaissez,
faites-moi le plaisir de me dire pourquoi, à côté de votre tête, j'en vois
une autre dont les yeux noirs me fe-
raient trembler si je pouvais avoir
peur de quelque chose, moi qui ai
combattu sous les ordres de Charles-
Quint. Fernand ne put s'empêcher
de sourire, et Carlos répondit : cette
tête est celle de mon frère ; je vous
remercie, pour lui et pour moi ; soldat, vous êtes humain, et des juges
sont barbares !

Je n'en reviens pas, dit Québrantador aux autres, en venant se rasseoir
près d'eux, le diable a deux têtes :
mais celle qui m'a parlé est bien polie.

Deux têtes! répétèrent l'autre soldat
et le muletier, et il firent deux ou
trois pas, puis regardèrent de loin
avec admiration la manière dont Fernand-Carlos rompit son pain et le
mangea. Oh! s'écria le muletier, il
fait le signe de la croix de la main
gauche! il n'y a que le démon ou
un sorcier qui puisse le faire ainsi.
Mon Dieu, j'ai bien peur que ce
voyage ne me porte malheur, à moi,
ou à mes mules, ou à ma voiture!
maudite soit la commission. Aussitôt
arrivé à Séville, je ferai exorciser tout
mon équipage.

En attendant, dit Québrandor, re-
mettons-nous en route, si nous voulons atteindre une auberge avant la
nuit.

Les mules furent attelés au Charriot, les chevaux des cavaliers furent bridés et scellés en un instant, et la caravane se remit en marche, non sans former beaucoup de conjectures sur la vision singulière des deux têtes dont nos voyageurs avaient peine à admettre la réalité.

~~~~~~

CHAPITRE IV.

L'homme chérit l'erreur. Laissez-lui ce qu'il aime,
Il trouve des douceurs dans la crédulité.

<div align="center">CORNEILLE.</div>

Le jour finissait lorsque le charriot arriva devant une auberge sur la porte de laquelle était un palefrenier qui s'écria : holà, mes braves, n'allez pas plus loin, si vous avez envie de passer la nuit à couvert, car vous ne trouveriez d'auberge qu'à six lieues d'ici, et vos mules, vos chevaux et vous semblez fatigués. — Avez-vous de la place pour mon charriot, demanda le muletier? — Une belle et grande place, répondit l'autre, tout au milieu de la cour ; mais que menez - vous dans cette cage, quelque animal curieux, pour la mé-

nagerie royale ? — Tais-toi, bavard,
répondit Québrantador, en sautant à
bas de son cheval. Où est ton écurie ?
mènes y cette bête-là, et qu'elle ait la
meilleure place et double ration.
Songe qu'elle a fait la guerre avec
moi sous notre grand roi Charles-
Quint, qui ne se serait pas fait moine
s'il m'avait consulté.

Pourquoi cela? dit le palefrenier
en tirant par la bride, le cheval que
suivait Québrantador. Y a-t-il un
meilleur métier que celui de moine?
Je voudrais bien l'être, moi. J'aurais
moins de mal que dans cette chienne
d'auberge!

Fais-toi plutôt soldat, vilain fai-
néant, reprit Québrantador. Le roi
en a besoin pour soumettre les provinces révoltées de la Flandre.

L'hôte qui avait entendu le bruit
de la voiture et des chevaux, crut
qu'il lui arrivait un équipage avec
quelques personnes de considération,

il accourait d'un air empressé, le bonnet à la main : il s'arrêta tout court quand il vit deux soldats et un muletier. Qu'est-ce que cela ? dit-il ; je n'ai point de place ; mon auberge est pleine de gentilshommes et de gens comme il faut : je ne loge point les coureurs de foire et les baladins ! Allez, allez, l'homme à la ménagerie, poursuivez votre route. Le muletier, prenant un air fier, lui répondit : vous connaissez mal votre monde, l'ami. Apprenez que vous devez me respecter moi et mes mules, et que nous avons l'honneur d'appartenir aux révérends pères dominicains de San-Lucar.

C'est différent, reprit l'hôte tout radouci, en ôtant son bonnet qu'il avait remis sur son oreille d'un air tapageur. Puis il ajouta d'un ton dévot et respectueux : j'ai souvent eu l'honneur de loger chez moi le révérend père prieur don Rosario, lorsqu'il

'a passé par ici pour se rendre à Séville, aux assemblées de la très-sainte
inquisition que je respecte comme je
le dois. Que conduisez-vous donc dans
ce charriot couvert? Il faut que ce soit
quelque chose de bien précieux, pour
qu'on vous ait donné une escorte. Se-
rait-ce quelque sainte relique? — Au
contraire, dit le muletier en se ren-
gorgeant, c'est du gibier pour le
saint-office, et si l'on en croit le bruit
qui court dans les environs, c'est le diable lui-même que les révérends pères
ont fait prisonnier, et qu'ils envoient
à l'inquisition de Séville.

L'hôte manqua tomber à la renverse. Le Diable, s'écria-t-il! *Santa-
Maria d'Atocha! Sant Jago de Com-
postella!... miserere mei!* Le diable
dans mon auberge! je suis ruiné! le
malheur est entré dans ma maison!
Eût-il pu vous tordre le col à un quart
de lieue d'ici! Sortez bien vîte, continuez votre chemin, ou je me sauve.

Je ne passerai pas la nuit dans ma maison avec un hôte pareil.

A ses cris, sa femme était accourue,
et tous les voyageurs qui remplissaient l'auberge, étaient sortis de leurs
chambres et remplissaient la cour.
Chacun demandait d'où provenait tout
ce bruit. Messieurs, leur dit l'auber-
giste, unissez-vous à moi pour faire
déguerpir ce maudit muletier et sa
cage infernale, et le démon qui y est
enfermé! Tout le monde se regardait
avec autant de surprise que d'effroi.

Gusman, qui était descendu avec
les autres, s'approcha de la cage d'un
air curieux, et dit au muletier : ou-
vrez ce rideau que je voye ce que vous
conduisez. —Eh! mon cher maître,
s'écria Fabrice tremblant et se jetant
à ses genoux, continuons notre route,
je vais seller votre cheval. —Poltron,
lui répondit Gusman, ou c'est le diable,
ou ce ne l'est pas : mais si c'est lui, et qu'il
se soit laissé enfermér dans cette cage

comme un sot, cela te prouve qu'il n'est
pas fort à craindre. — Mon gentilhomme, dit le muletier, vous avez tort
dêtre incrédule.—Sans doute, ajouta
l'hôte, votre discours sent l'héresie : car
le diable, tout-puissant qu'il est, tremble devant une goutte d'eau bénite et
devant le moindre clerc tonsuré :
mais un laïque doit tout craindre de
lui.— Je suis bien bon, répliqua Gusman, d'écouter tous ces discours ! En
disant ces mots, il porta la main au
rideau, et tous les assistans s'enfui-
rent en se signant, excepté le muletier qui appella Québrantador et son
camarade.

Gusman ayant ouvert le rideau, vit
les deux têtes ; mais comme le corps
était enveloppé d'une couverture, il
crut que la cage renfermait deux personnes, et il leur dit : Qui êtes-vous?
puis-je vous rendre service? et n'au-
rais-je point à me repentir de vous
avoir protégés? — Nous sommes, dit

Carlos, deux frères infortunés qu'un
tribunal injuste envoie sans doute à
la mort. — Se peut-il! dit Gusman,
vous êtes des victimes de l'inquisition?
— Oui, répondit Carlos, et deux victimes bien innocentes. — Ils disent
tous la même chose, répliqua le muletier. On n'en a pas brûlé un qui, à
l'entendre, ne fut innocent: mais, seigneur cavalier, votre métier n'est pas
de les juger : le mien est de les conduire, et celui de ces deux soldats que
vous voyez là-bas, est de me proté-
ger : ainsi remontez à votre chambre
et ne vous mêlez pas davantage de
nos affaires. — Je te trouve bien hardi,
reprit Gusman, de parler de la sorte
à un homme de mon rang. Vil charretier, je te corrigerai, en même temps
il lui donna par la figure un coup de
sa cravache qu'il tenait à la main. —
Au secours! cria le muletier, n'y a-t-il
ici aucun confrère de la sainte her-
mandad qui puisse me prêter main-
forte?

Québrantador accourut à ses cris,
et s'approchant de don Gusman d'un
air menaçant et fier, il lui dit: seigneur cavalier, ce conducteur de mules vous a sans doute manqué, sans
quoi votre seigneurie ne lui aurait
pas ainsi coupé la figure : au surplus
il n'y a pas de mal, c'est un rustre, il
il n'a pas eu comme moi l'honneur de
se trouver à la bataille de Mulberg
avec le grand Charles-Quint : mais je
suis soldat, j'ai ma consigne, et je
vous prie de ne point toucher à cette
cage. — Voulez - vous, mon brave,
m'empêcher de causer avec ces prisonniers? dit Gusman avec douceur.
— Je n'y vois pas de mal, reprit Québrantador. — Et si je vous invitais,
continua don Gusman, à prendre votre part d'un excellent souper que j'ai
fait préparer, et à surveiller ainsi les
prisonniers que je veux engager à souper avec nous. Un excellent souper,
répondit Québrantador, est une fort

bonne chose, et l'honneur de le prendre dans votre noble compagnie, mon
gentilhomme, est encore plus agréable. — Ajoutez à cela, dit Gusman,
en le prenant par son faible, que
mon père a eu l'honneur d'être un des
meilleurs capitaines de Charles-Quint,
et que je suis le fils de don Pédro,
Gusman de Vargas! — Mon propre
capitaine! s'écria Québrantador transporté, je marcherai dans le feu pour
servir le fils, comme j'y ai marché pour
obéir au père. Je souperai avec vous,
seigneur cavalier, et avec ce bon diable, quoiqu'il fasse le signe de la croix
de la main gauche! — Vous vous
nommez Gusman de Vargas? dit alors
d'une voix mélancolique Fernand qui
jusqu'alors avait gardé le silence. —
Oui, répondit Gusman. — Eh bien,
laissez-nous périr. Votre pitié vous
couterait votre fortune. —Comment?
— Voyez devant vous, Fernand et
Carlos de Vargas, fils de don Anto-

nio dont vous briguez la succession, que notre mort mettra sans procès dans vos mains. — Vous seriez mon cousin, dit avec vivacité don Gusman: au péril de ma vie, je vous délivrerai. — Un Vargas, dans une cage de fer ! le neveu d'un capitaine de Charles-Quint prisonnier de l'inquisition! non, par mon épée, dit Quebrantador, en faisant sauter le cadenat de la cage et ouvrant la porte.

Par un mouvement naturel et subit, Fernand-Carlos se précipita hors de la cage, et saisissant d'une main la main de Gusman, et de l'autre celle de Québrantador, oublia l'impression que devait produire la vue de sa monstruosité. Fernand dit alors avec précipitation : si nous restons ici plus longtemps nous sommes perdus. Remarquez que le muletier a disparu, sans doute il est allé chercher du renfort.—Que vois-je, s'écria Gusman surpris. — Un phénomène, reprit Fernand : mais un être humain dont l'âme est comme la votre, une émanation céleste. Au surplus, je suis libre maintenant, partons ensemble, ou venez me joindre au château de Vargas, car je vais m'y rendre sur-le-champ. En parlant ainsi, Fernand court à l'écurie, saute sur le cheval que Fabrice venait de seller et de brider, et disparait au grand galop.

CHAPITRE V.

Je me retire donc encor pâle d'effroi ;
Mais le jour est venu quand je rentre chez moi.

BOILEAU.

Don Gusman se frottait les yeux,
et avait peine à se persuader qu'il
n'avait pas été la dupe d'une vision.
Cet homme à deux têtes, qui se disait
son cousin, et dont l'existence détrui-
sait tous ses droits à la succession de
la maison de Vargas ; sa disparition
subite, et les propos du muletier qui
donnaient à croire que c'était un démon.... Il croyait avoir rêvé ; mais il
voyait encore devant lui la cage que
Québrantador avait ouverte, et il
cessa de douter, quand Fabrice, au
désespoir, vint se plaindre de l'enlèvement de son cheval. — Achètes-en

un autre, lui dit don Gusman, et demain, à la pointe du jour, soit prêt à me suivre au château de Vargas.

Fabrice alla marchander un cheval à son hôte, qui lui vendit fort cher une mauvaise jument rétive, en lui assurant que c'était la meilleure monture de l'Andalousie. Fabrice ne s'amusa pas à marchander ; il paya tout ce que voulut le maquignon, qui voyant cette facilité, regretta de n'avoir pas demandé davantage. L'acquisition faite, Fabrice déploya toute son éloquence pour engager son maître à partir sur-le-champ, en lui faisant sentir que le départ du muletier n'était pas naturel, et que son retour était à craindre. — Rien n'est à craindre pour le fils de mon capitaine, dit Québrantador, tant que je serai avec lui. Je sais où est le muletier ; il est allé chercher mon camarade, et va venir ici avec lui : mais le mot est donné, et nous allons rire. Le muletier arrivait en effet suivi de l'autre

soldat. — Vous voyez, lui disait-il,
que l'on a fait sauver votre prisonnier : vous en êtes responsable. Que
direz - vous quand vous montrerez
au grand inquisiteur la cage vide ? —
Nous la lui montrerons pleine, dit
Québrantador en le prenant par les
pieds, et le jetant la tête la première
dans la cage, dont il referma sur-le-
champ le cadenat, et qu'il recouvrit
de ses rideaux.

Le malheureux muletier, revenu
de sa surprise, cria, secoua les barreaux, jura, invoqua tous les saints
du paradis, et se donna au diable.

Comme personne n'avait été témoin
de la fuite du prisonnier, on crut que
c'était lui - même qui se débattait
ainsi ; et tous les hôtes de l'auberge
se réunirent pour prier les soldats de
l'enmener. Québrantador, sans se
faire prier, piqua les mules, et se
remit en route avec son camarade,
Gusman et Fabrice ; mais une fois sur
le grand chemin, et hors de la vue de

l'auberge, ils laissèrent les mules aller où elles voulurent, et ils reprirent la route de san Lucar.

Fernand-Carlos y arriva le premier ; mais voulant savoir ce qui se passait avant qu'on ne sût son retour, il alla au souterrain dont il connaissait seul l'issue, laissa le cheval paître aux environs, et se glissa dans le passage secret qui conduisait droit à son appartement. Avant d'y entrer, il regarda au travers de la boiserie, et fut surpris de voir dans sa chambre un petit vieillard qui était assis dans un fauteuil, regardait attentivement autour de lui, et parlait tout haut d'un air animé. Fernand-Carlos écouta :

« Il n'y a plus de doute, disait Manuel Bordognès, car c'était lui :
» mon pauvre ami Antonio de Vargas
» a été victime de quelque machina-
» tion diabolique.... il n'a pas eu le
» courage de persévérer, et il a quitté

» l'Espagne, ou bien il est depuis
» vingt ans dans les prisons de l'in-
» quisition. Quand je me suis chargé
» du procès de don Gusman, c'était
» dans l'espoir que cette affaire me
» ferait entrer dans les secrets de la
» famille, en masquant l'intérêt que
» j'y pouvais prendre pour mon
» compte. Mais la déclaration pu-
» blique faite au tribunal, et qui
» m'a appris qu'il existait un héritier
» de la maison de Vargas, confond
» et renverse toutes mes idées. Où
» est-il cet héritier? »

— *Le voici!* dit Fernand, en pous-
sant la porte secrète, et en se pré-
sentant au vieillard surpris. Ma vue
vous étoune? — Oui, répondit Bordognès, en jetant un regard perçant
sur les deux têtes; mais aussi elle
m'explique le mystère dont votre naissance a été entourée. Pourquoi votre
père m'en a-t-il fait un secret, à moi
l'un de ses meilleurs amis; à moi,

parent de sa femme; à moi, son frère dans la confédération des..... Il s'arrêta comme un homme étonné de manquer à sa discrétion habituelle. — Comment? demanda Fernand, êtes vous tellement initié dans les affaires de ma famille, que vous puissiez m'instruire des particularités que j'ai un si grand désir de connaître?—Oui, répondit Manuel-Bordognès, sans cesser de porter un œil plus curieux qu'étonné sur l'homme à deux têtes; je puis vous apprendre beaucoup de choses qui vous intéresseront; mais je vous regarde avec admiration! Cette seconde tête que je vois, et dont l'expression douce et mélancolique m'intéresse, parle-t-elle comme vous? — J'ai les mêmes facultés que mon frère, dit doucement Carlos; mais il est mon aîné, et j'ai pour lui la déférence que je lui dois. — C'est une chose miraculeuse et inouie, je crois, dans les fastes de la médecine et de l'histoire naturelle, qu'une créature, si singulièrement conformée, ait vécu ! Il est encore plus étonnant de l'entendre raisonner ainsi....... Voilà vos portraits, continua Manuel, en indiquant les tableaux faits par Fernand.... ils sont très-ressemblans, et vos traits me rappellent ceux de vos parens...... Oui, le brun ressemblent à son père, et le blond a toute la physionnomie de sa mère. Vous vous nommez ? — Fernand...., Carlos, répondirent-ils. — Eh bien, Fernand et Carlos, voyez dans l'ami de vos parens un protecteur que le ciel vous envoie. Apprenez qu'un mot indiscret suffirait pour faire confisquer tous vos biens ; que si le parent qui plaide contre vous, savait ce qui m'est connu relativement à votre père, vous seriez ruinés, et que votre existence même ne serait pas en sûreté. — Vous excitez vivement ma curiosité, dit Fernand. — Au nom du

3 *

ciel! parlez-moi de mon père et de
ma mère, dit Carlos.

— La vie de votre père, dit Bordognès est liée à des évènemens histori-
ques, d'autant plus intéressans qu'ils
tiennent à une grande révolution politique et religieuse, et qu'ils pré-
parent des résultats dont l'Europe entière se ressentira. Assoyez-vous donc
auprès de moi, et prêtez-moi quelqu'attention.

Bordognès raconta à Fernand-Carlos ce que nous allons voir dans le
chapitre suivant.

CHAPITRE VI.

Nulle puissance humaine ne peut forcer le retranchement impénétrable de la liberté de conscience. Accordez à tous la liberté civile, non en approuvant tout, comme indifférence, mais en souffrant avec patience tout ce que Dieu souffre.

FÉNÉLON.

Votre mère, Maria de Melsem, d'une bonne famille de Flandre, était parente du fameux Brederode, un des chefs les plus distingués des religionnaires. Votre père l'épousa par inclination, et ses liaisons avec notre famille lui firent ouvrir les yeux sur les vexations injustes dont le roi d'Espagne menaçait les Pays-Bas, en violentant les consciences, en voulant augmenter l'état ecclésiastique contre les priviléges des provinces, et établir de nouveaux inquisiteurs de la foi. Nous étions sur-tout offensés de l'insolence des troupes espagnoles que Philippe avait mises en garnison dans notre pays ; enfin la publication des décrets du concile de Trente acheva de nous révolter (1).

La gouvernante des Pays-Bas, plus sage que le roi son frère , lui fit des remontrances appuyées de l'avis de divers prélats et de docteurs habiles , et le supplia d'observer que plusieurs articles de ce concile attaquaient les droits du souverain , et les priviléges des Provinces. Le roi, loin d'approuver cette démarche prudente, voulut que l'on publiât ce concile sans en rien excepter , comme on avait fait en Espagne; la gouvernante fut contrainte d'exécuter ses ordres; mais plus elle déploya de rigueur, plus

---

(1) Belcarius in comment. , c. 30 , n° 31.

elle vit accroître la résistance et naître les difficultés. Elle en fut si allarmée, qu'elle envoya le comte d'Egmont en Espagne pour instruire le roi de ce qui se passait, et prendre ses ordres.

Philippe II, dont le caractère dur et impérieux ne s'est jamais démenti, jura qu'il ne permettrait pas le moindre changement de religion dans ses Etats, quand il devrait souffrir mille morts. Il ordonna qne les punitions les plus sévères fussent portées contre ceux qui exerçaient la religion réformée; mais plusieurs d'entre nous regardaient ces supplices comme un martyre et y couraient avec enthousiasme; sa cruauté et sa politique lui firent donner des ordres pour que les punitions fussent exercées de manière qn'il ne nous restât plus l'espérance d'y trouver de la gloire et de la réputation.

Il envoya à la gouvernante quatre cent mille écus pour les troupes, les garnisons et les gages des magistrats.

La princesse se mit en devoir d'exécuter les ordres du roi : mais comme elle agissait avec la douceur et la modération qu'il était si nécessaire d'employer dans ces temps difficiles (1), le Roi lui envoya des ordres plus sévères que les premiers, et fit rétablir dans toute sa rigueur le tribunal de l'inquisition. (2)

A cette époque, Michel Ghisléri fut élu pape sous le nom de Pie V. Ce pontife avait passé par toutes les charges éminentes de l'inquisition ; telles que celles de commissaire-général, et ensuite de vicaire de l'inquisiteur-général; il avait enfin eu le titre d'inquisiteur souverain de l'Eglise universelle, que jusque là les papes s'étaient réservé. Il ne fut pas plutôt sur le trône pontifical, qu'il signala

(1) De Thou, hist. , lib. 42 , n° 2.
(2) Strada de bello belgico , lib. 4.

son pouvoir par toutes sortes de cruau-
tés, et qu'il condamna au feu plusieurs personnes de distinction, et
entr'autre le savant Aonius Palearis,
célèbre par ses écrits, et qui subit
cet horrible supplice uniquement
pour avoir mal parlé de l'inquisition, qu'il appelait *un poignard dégaîné
contre les savans* (1).

Ce zèle furieux du pape, loin d'arrêter les progrès de la nouvelle religion, sembla lui donner des forces.
la rigueur qu'on exerça en Flandre
y causa de grands troubles, et fit enfin éclore une conspiration dans laquelle tous les nobles entrèrent :
Cette conspiration fut découverte.
Dès-lors, les principaux conspira-
teurs prirent, par la publicité de
leur conduite, une attitude plus im-
posante, Brederode et Louis de Nassau s'en déclarèrent les chefs, et

(1) De Thou, hist., lib. 39.

résolurent de présenter eux-mêmes à la gouvernante une requête contre l'inquisition et contre les ordonnances de l'empereur, favorables à ce tribunal (1).

Le jour pris pour l'exécution de ce projet, cinq cents conjurés, ayant à leur tête Bréderode et les comtes de Nassau et de Culembourg, traversèrent en bon ordre toute la ville, et se rendirent au palais de la gouvernante. Ils étaient tous vêtus de gris, avaient de petites écuelles de bois attachées à leurs chapeaux ; et au col une médaille d'or, sur laquelle était l'image du Roi, et au revers une besace suspendue par deux mains entrelacées, avec ces mots : *fidèles au Roi jusqu'à la besace.*

On les fit entrer dans le palais de la gouvernante, Bréderode la harangua au nom de tous les seigneurs

_____

(1) Grotius de reb. Belgic, lib. 1, p. 20.

flamands qui étaient présens et de
tous les autres qui approuvaient cette
conjuration , et présenta leurs re-
quêtes.

La gouvernante effrayée, usa de
de dissimulation , reçut assez bien en
apparence la demande qu'on lui faisait, congédia ces seigneurs avec de
belles paroles, et dès qu'ils se furent
retirés, elle écrivit au Roi tout ce qui
venait de se passer.

Le lendemain, Brederode donna un
grand repas à près de trois cents personnes. Je m'y trouvai avec votre
père : on parla de donner un nom à
la confédération. Un des convives raconta que la veille le comte de Bar-
lemont, pour rassurer la gouvernante, avait dit qu'il n'y avait aucun sujet de crainte pour les confédérés, et
qu'il n'étaient que des *gueux*, ou par
leurs habits ou en effet. Bréderode
en rit, et fut le premier à dire qu'il
fallait donner à notre association le

nom de *Confédération des Gueux.*
Tous les assistans approuvèrent cette
idée; et, par un mouvement sponta-
né, ils firent un serment de fidélité
mutuelle. Votre père qui partageait
déjà nos opinions, se trouva involontairement enveloppé dans la conjuration; il prêta serment comme les
autres, et fut inscrit sur le livre de
la *Société des Gueux.* Il m'en témoigna
d'abord quelque frayeur, que je dis-
sipai en lui dévoilant la grandeur de
notre plan et la certitude de sa réus-
site. Il se rassura quand il apprit que
l'infant d'Espagne, don Carlos lui-
même, approuvait nos démarches,
devait nous appuyer de tout son cré-
dit, et demandait à son père le gouvernement des Pays-Bas, pour y établir la liberté de conscience, et y to-
lérer l'exercice du culte réformé.

Cependant, Philippe II prit la résolution d'employer la force des armes contre les progrès que faisait

chaque jour la doctrine des réforma-
teurs, et il se décida à porter la guerre
en Flandre. Je ne vous peindrai
point toute l'horreur de cette guerre
dans laquelle le peuple mutiné se li-
vra à toute sa fureur. Notre confédération se vit contrainte d'employer
la force contre la force. Nous levâmes
une armée; votre père et moi reçûmes
du commandement, et nous nous
trouvâmes dans un corps de quatre
mille hommes, qui se porta vers
Tournay et Lille, sous la conduite
de Jean Soreau.

Nokerme, gouverneur de la pro-
vince, apprit notre arrivée; nous at-
teignit dans des défilés d'un accès
difficile, et nous y attaqua. Nous
nous défendîmes avec valeur, et nous
tirâmes quelques petites pièces de
canon que nous avions mises sur le
passage; mais forcés d'abord par les
piquiers et les arquebusiers, nous
fûmes bientôt écrasés par la cavalerie.

Notre commandant fut blessé, et ne se sauva qu'avec peine. Nokerme se rendit maître, dans cette action, de neuf drapeaux des confédérés, de vingt pièces de campagne et de plusieurs barils de poudre. Poursuivant sa victoire, il s'empara bientôt de Tournay et de Valenciennes. Le peuple fut désarmé; plusieurs ministres punis de mort comme rebelles; le culte catholique rétabli, et la gouvernante exigea un serment de tous les seigneurs et des magistrats, afin de pouvoir les priver de leurs charges s'ils refusaient de jurer, ou pour pouvoir les punir s'ils manquaient à leur serment.

Le prince d'Orange refusa le premier, et se démit de ses charges : la plupart des seigneurs firent de même; presque tous quittèrent la Flandre : c'est alors que votre père jugea à propos de se soustraire aux recherches que l'on pourrait faire, et qu'il se détermina à retourner en Espagne avec sa femme ; mais, la veille de son départ, il se rendit à une réunion secrète, où plusieurs principaux chefs des confédérés se trouvèrent, se donnèrent des signes de ralliement, jurèrent de se garder fidélité, et d'attendre un moment plus favorable pour se venger de la persécution.

Ceux des confédérés qui s'étaient réfugiés en Hollande sous la conduite de Brédcrode, venaient d'en être chassés. Tous les soldats furent désarmés, les officiers faits prisonniers, et quelques mois après, punis du dernier supplice sous le gouvernement du duc d'Albe. Bréderode perdit alors courage ; il s'enfuit en Allemagne, y tomba subitement malade, et mourut comme un furieux (1).

La force des armes peut réduire

_____

(1) Contin. de Fleury, Hist. Eclés., an 1567, t. 34., p. 449.

les peuples ; mais non subjuguer les consciences. Les Flamands, plus iné-branlables à mesure que l'on déployait plus de rigueur, abandonnaient leur pays, allaient s'établir chez les peu-ples voisins, et y transportaient leur commerce et leurs manufactures.

Ce fut au milieu de ces troubles et de ces désastres que le duc d'Albe arriva en Flandre avec les pouvoirs illimités dont le roi l'avait revêtu. Cet homme astucieux et cruel man-da, sous de faux prétextes, à Bruxel-les, les comtes d'Egmont et de Horn, et la plus grande partie de la no-blesse, et les fit arrêter.

La gouvernante, offensée de la con-duite de ce ministre insolent, de-manda au roi la permission de se re-tirer, et abandonna les faibles restes de l'autorité qu'elle avait encore, entre les mains du duc d'Albe, qui s'en ser-vit pour faire gémir les Pays-Bas sous le plus affreux despotisme.

Il établit *le Conseil des douze*, qui, jugeant également les délits de politique et de religion, signala son zèle par la plus horrible cruauté. Les citoyens furent jetés dans les prisons, un grand nombre fut livré au dernier supplice ; enfin ce conseil inspira tant d'horreur et de haine, qu'on l'appela un conseil de trouble et de sang. (1).

Proscrits, errants, fugitifs, heureux cependant d'avoir échappé aux sanglantes fureurs du duc d'Albe et de son tribunal, nous conservions encore une espérance qui fut bientôt détruite. Une affreuse nouvelle vint jeter la consternation dans tous les cœurs. Celui vers qui nous tournions nos regards, en qui nous mettions notre espoir, l'héritier présomptif de la monarchie, un jeune prince de vingt-trois ans, dont l'âme noble et

(1). Contin. de Fleury, Hist. Eccl., t. 34, p. 455.

généreuse s'ouvrait pour nous à la pitié : don Carlos enfin fut mis en prison par son propre père.

— « Quel amas d'horreurs, s'écria Fernand, qui, pendant ce récit, avait laissé paraître sur son visage tous les mouvemens qui avaient agité son âme!

— Frémissez, continua le petit vieillard, et voyez à quels excès peuvent porter un homme puissant, les conseils de la politique et ceux du fanatisme. Des inquisiteurs osent dire à un père qu'il doit sacrifier son fils pour le bien de la religion. Ils représentent à Philippe qu'elle serait ruinée dans les Pays-Bas, si don Carlos se mettait à la tête des protestans, et le monarque, crédule et passionné, étouffe la voix de la nature, et fait couler le poison dans les veines de son fils.

Grand Dieu! dit Carlos, et la parole expira sur ses lèvres...

»Ce crime, continua Manuel Bordognès fit frémir l'Europe entière... Les
Flamands irrités se révoltèrent de
nonveau, le duc d'Albe manqua d'être
assassiné, une nouvelle décision des
inquisiteurs porta le peuple au com-
ble de la fureur. En vertu d'un édit
sanguinaire, grands, riches, paysans
furent ou suppliciés ou bannis, leurs
biens furent confisqués. Ils s'assem-
blèrent en troupes, se jetèrent sur
les prêtres et les religieux, les muti-
lèrent, et exercèrent toutes sortes de
vengeances. Le prince d'Orange se
mit à leur tête et leva trois armées
pour attaquer le duc d'Albe, son entreprise ne fut pas heureuse. Ses
troupes furent battues et dissipées,
les supplices recommencèrent, et le
sang ruissela dans toute la Flandre.
Ce sang crie vengeance au ciel; nous
avons juré la perte de l'inquisition
qui l'a fait couler, qui leve sa tête al-
tière et cruelle sur l'Espagne, et qui

menace l'Europe entière de son affreux pouvoir.

» Votre père qui a prêté le même serment que nous, est revenu en Espagne, pour travailler secrètement au grand œuvre auquel nous avons voué notre existence ; moi-même, ayant perdu toute ma fortune par la confiscation, j'ai été contraint de chercher un asile loin des Pays-Bas, et je suis venu m'établir dans ce pays, où j'ai pris la profession d'avocat ; j'ai changé mon nom de Melsem contre le nom supposé de Bordognès , et, pour ne rien avoir à craindre de l'inquisition, je me suis fait recevoir au nombre de ses membres. Introduit ainsi dans le camp ennemi , je connais ses secrets et je les déjoue plus facilement. Cependant , il y a pour moi un mystère que je n'ai pas encore pu dévoiler : c'est celui du sort de votre père, et de ma sœur, votre mère, Maria de Melsem.

» Vous êtes donc notre oncle, deman-
dèrent en même temps les deux frères?
— Oui , répondit Manuel, je suis
votre oncle maternel; j'avoue, mon
cher neveu, ou mes chers neveux, que
je ne m'attendais guère à la singulière
rencontre que je viens de faire ici :
mais je désire qu'elle nous soit avan-
tageuse à tous deux, ou pour mieux dire
à tous les trois. En effet, si votre père
était connu pour un des chefs de la
révolution des Pays-Bas , sa tête serait menacée, tous ses biens confisqués, et vous-mêmes enveloppés dans
sa disgrâce, et peut-être punis de mort
comme lui; car dans le système des
inquisiteurs, la faute du père re-
tombe sur les enfans : votre cousin
don Gusman aurait donc un moyen de
vous dépouiller de vos biens et de s'en
faire adjuger une partie; mais j'espère
qu'il ignore les détails que je viens de
vous apprendre. Le hasard heureux
qui l'a fait me choisir pour avocat et

pour conseil, vous a sans doute sauvés.

Comme il finissait, on entendit du
bruit dans le château; plusieurs personnes marchaient vivement dans la
galerie, plusieurs voix s'y faisaient
entendre, Manuel sortit pour savoir
ce que c'était.

CHAPITRE VII.

Gardez-vous de confondre le nom sacré de
l'honneur, avec ce préjugé féroce qui met
toutes les vertus à la pointe d'une épée, et
n'est propre qu'à faire de braves scélérats.

J.-J. Rousseau.

Les mules qui conduisaient le charriot dont Fernand Carlos s'était tiré
si heureusement, se voyant en liberté,
se mirent à paître l'herbe fraîche qui
croissait dans les prairies arrosées par
le Guadalquivir. En vain le muletier
jurait pour les faire marcher, comme
les coups ne suivaient point les mena-
ces, ces animaux jouirent en paix de
leur bonne fortune, et après s'être bien
repus, ils se mirent en marche au petit pas, reprenant par instinct le chemin de leur écurie.

Le muletier voyant son pouvoir mé-
connu, fut contraint de prendre patience, et chercha dans sa tête comment il pourrait s'excuser d'avoir si
mal fait sa commission. Les deux soldats qu'on lui avait donnés pour escorte, étaient hors de la jurisdiction
du couvent, et il eut été difficile de
les retrouver pour les punir : c'étaient
deux cavaliers qui passaient ; ils
avaient été hébergés deux ou trois
jours au couvent, où l'on recevait ordinairement les voyageurs ; et don Salvador avait cru pouvoir les employer
à ce service parce qu'ils avaient dit
qu'il allaient à Madrid. Nous avons vu
que Québrantador avait suivi don
Gusman fils de son ancien capitaine ,
l'autre avait continué sa route, muni
de quelques écus desquels Gusman
l'avait gratifié, et il ne s'était pas amusé
en chemin ; l'inquisition , se disait-il,
a les bras longs : Montrons lui que
mon cheval a de bonnes jambes.

Don Gusman, avec son poltron de
Fabrice que rassurait cependant un
peu la compagnie du brave Québrantador, s'était mis en marche pour le
château de Vargas, et songeait à la singulière apparition de l'homme à deux
têtes. Il lui tardait d'arriver au château où il lui avait donné rendez-vous,
et d'entrer en explication avec son
double cousin.

C'était son arrivée qui avait causé
le bruit par lequel avait été interrompue la conversation de Fernand-Carlos avec Manuel. Celui-ci rentra précipitamment, et dit à Fernand-Carlos.
« Votre cousin arrive, laissez-lui sur-
tout ignorer que je suis ici. » Fernand-
Carlos passa dans la galerie, et fit
à Gusman l'accueil le plus amical.
« Croyez, lui dit Fernand, qui se fit
l'interprète de son frère, à notre vive
reconnaissance. Acceptez un apppar-
tement dans notre château : et soyez
sûr que nous n'oublierons jamais le

service que vous nous avez rendu.
Maintenant, apprenez-nous le sujet
de votre visite. — Ma foi, dit Gusman, la curiosité n'y est pas pour peu
de chose. Vous ne devez pas être surpris d'inspirer ce sentiment : mais je
ne me doutais guère, lorsqu'en vrai
chevalier errant, je délivrai le diable
que l'on menait dans les prisons de
l'inquisition, que ce diable était mon
propre cousin. Me voilà donc débouté
de toutes mes prétentions, et déshé-
rité bien formellement. » Mon malin
petit avocat m'avait bien dit qu'il y
avait du louche dans mon affaire. J'ai
presque envie de croire qu'il vous
connaissait; en tout cas il a été aussi
discret que rusé. Je ne sais s'il me de-
mandera bien de l'argent pour une
affaire qui a duré aussi long-temps :
mais je sais que j'en aurai fort peu à
lui donner. — Mon cousin, dit assez
gaiement Carlos, puisque c'est nous
qui vous ruinons, il est juste que nous

payons votre avocat. Je suis persuadé
que mon frère y consentira. Nous
sommes assez riches pour vous obli-
ger sans que cela nous gêne en rien.
— J'accepterai, mon cousin, répondit Gusman en riant, et même, ajouta-t-il, avec sa légèreté habituelle, je
vous ferai sans façon un petit emprunt.
Je connais votre grande fortune, je
sais que quelques milliers de pistoles
ne peuvent pas vous gêner, ce sera un
à-compte sur votre succession qui re-
viendra infailliblement à ma branche;
car vous ne croyez pas, sans doute,
avoir jamais des héritiers directs. —
La physionomie de Fernand se rem-
brunit : un mouvement convulsif
agita ses lèvres. Qui vous a prié, dit-
il à don Gusman, de tirer notre ho-
roscope? Votre gaîté est déplacée, elle
insulte à notre siuation. — Je n'ai pas
eu l'intention de vous offenser, répondit don Gusman, d'un ton railleur;
mais, en honneur, je ne crois pas que

4 *

notre saint père le pape vous accorde
de dispense, pour prendre une ou
deux femmes, car je ne sais si votre
frère et vous, pourriez avoir la même.
Vous continuez l'insulte, dit Fernand
en fronçant le sourcil. Vous oubliez
que vous êtes chez moi. — Calme-
toi, mon frère, lui dit Carlos : je
tremble toujours quand tu t'irrites.
— Pour moi, répartit don Gusman
avec fierté , je n'ai jamais craint la
colère de personne, et dussiez-vous,
continua-t-il d'un ton moitié plaisant,
moitié sérieux, vous mettre deux contre moi, je suis prêt à vous rendre
raison partout où vous le désirerez,
et à telle arme qu'il vous plaira, à pied,
à cheval, à l'épée, au pistolet, d'une
main ou de deux à la fois. — C'en est
trop! répondit Fernand, la fureur
dans les yeux : vous espérez vous dé-
barrasser dans un combat singulier,
de celui dont vous convoitez la fortune,
et que vous vous repentez mainte-

nant d'avoir sauvé, dans un mouvement de générosité subit et involon-
taire. — Ah! dit don Gusman, vous
m'offensez à votre tour. Me soupçon-
ner d'un sentiment aussi peu généreux,
c'est me faire l'injure la plus sensible
à un gentilhomme : et si je m'en
croyais, j'en tirerais vengeance à l'instant même. Il mit fièrement la main sur
la garde de son épée; puis il dit, avec sa
gaîté naturelle : je dois cependant réfléchir que c'est don Fernand qui
m'attaque, et que j'ai à ménager don
Carlos. Le cas est embarrassant, car
si je suis vainqueur de l'un, je sacrifie
l'autre, et l'innocent ne doit pas payer
pour le coupable. — Mon frère et moi,
dit Carlos, nous ne faisons qu'un, dans
toute l'acception du mot; je ne sais si
nous avons deux âmes; mais le même
trait nous blesse également, et l'ennemi de l'un ne peut être l'ami de
l'autre. — Cela fera un singulier duel,
dit avec sang-froid don Gusman; je

suis fâché qu'il n'ait pas de nombreux témoins, car il doit faire époque dans l'histoire de ma vie. — Fernand avait peine à se contenir, don Gusman était prêt à se mettre en garde, lorsque la porte de la galerie s'ouvrit avec fracas. Québrantador et Fabrice entrèrent précipitamment. — Se battre sans témoins! dit le soldat de Charles-Quint, arrêtez.—Vous battre avec le diable, mon cher maître! s'écria Fabrice. Prenez garde à vous, je viens de voir dans l'écurie *le petit cheval gris* ; il est ici, ils s'entendent, nous sommes pris dans un piége. — Que parles-tu de piége, de cheval gris, qui est ici? demanda don Gusman. — Eh! mon Dieu, répondit Fabrice embarrassé, qui ne pouvait séparer l'idée du cheval gris et de Manuel, de celle du geste menaçant que ce dernier avait fait avec son pistolet : le... lui... celui qui... Et il tournait les yeux de tous côtés... Ah par Saint-Jacques, le voilà près de

vous! En disant ces mots, il se cacha
derrière Québrantador et le saisit à
bras-le-corps si brusquement, que le
soldat faillit tomber. — Don Gusman
se retourna, et vit Manuel Bordognès.
Il partit alors d'un grand éclat de rire.
— Quelle frayeur le seigneur Bordognès peut-il donc t'inspirer? demanda-
t-il à Fabrice. — Je ne savais pas être
si effrayant, dit le petit avocat. L'ami
Fabrice est un peu timbré, et je ne
vois pas ce qu'un vieillard et un petit
cheval gris peuvent lui faire conjec-
turer. — Mais c'est que... le chemin
creux... — Avez-vous fait quelque
mauvaise rencontre dans un chemin
creux, et la peur vous a-t-elle rendu
fou, l'ami Fabrice? — N'écoutez pas cet
imbécille, dit don Gusman, et appre-
nez-moi par quel hazard je vous trouve
ici. — Par un hazard bien naturel,
reprit Bordognès. Chargé de vos affaires, j'y venais prendre des informations, ce qui est très simple puisque

vous avez eu la même idée, à ce que me prouve notre rencontre : mais je me félicite d'être arrivé à temps pour faire le rôle de pacificateur. Je ne souffrirai pas que deux parens s'egorgent pour un mal entendu. Mon âge me donne quelques droits à votre déférence; mes enfans, ne versez pas de sang ! le duel, défendu par les loix et par la religion, vous semble permis par l'honneur : il est aux yeux de la morale aussi coupable que le suicide; que dis-je, il est bien plus infâme, puisqu'il fait d'un homme l'assassin de son frère. La colère qui avilit l'homme et le rabaisse au niveau de la brute, peut seule lui inspirer cette rage qui le porte à se ruer sur son semblable, comme un vil bourreau. — Il a raison, mon frère, dit vivement Carlos, remets ton épée dans le fourreau. — Non, dit Fernand, ces raisons ne peuvent rien sur moi. — Mon frère, je t'en supplie comme lui; ne verse pas de sang.—Que m'importe? on a voulu verser le mien. — Carlos saisit l'épée de son frère pour la lui arracher. Les spectateurs regardaient cette lutte avec étonnement, et on ne peut prévoir comment elle aurait fini, sans l'incident qui la suspendit.

CHAPITRE VIII.

Qu'ils gémissent sous leurs forfaits ;
Que de tant de maux qu'ils m'ont faits,
Ils reçoivent la juste peine ;
Privés de l'immortel flambeau,
Qu'ils tombent chargés de ta haine,
Tout vifs dans un affreux tombeau.

Mlle CHÉRON, *trad. du ps.* 54.

Au secours ! au secours...... criait Angéla éperdue, qui vint tomber au pied de Fernand-Carlos.

— « Encore ce démon ! dit en s'arrêtant tout-à-coup, Salvador qui la poursuivait, et qui ne put, sans effroi, revoir les deux têtes qu'il croyait bien certainement sur la route de Séville.

— Salvador en ces lieux ! fermez toutes les portes, dit d'un ton d'auto-

rité Manuel-Bordognès. Québrantador et Fabrice s'empressèrent de lui
obéir; et le soldat, tirant son sabre,
se mit en faction auprès de Salvador,
d'un air à lui ôter toute envie de chercher à sortir. »

Ce n'est pas une tâche facile que
de décrire les divers sentimens qui
agitaient les personnages réunis dans
la galerie du château de Vargas.

Manuel Bordognès, ou plutôt Manuel de Melsem, à la vue de Salvador, s'était redressé d'un air imposant
et sévère. Ses yeux, ordinairement
pleins de feu, brillaient plus vivement que de coutume; le sourire
moqueur qui lui était habituel, avait
fait place à une expression dédai-
gneuse et méprisante, qui n'était pas
sans ironie. Il prit dans ses bras la
jeune fille effrayée, qui, les yeux à
demi-fermés, regardait sans voir, et
cachait ensuite son regard timide dans
le sein de son protecteur. — « Te

voilà donc, dit-il à Salvador étonné
de trouver tant de monde dans un
lieu qu'il croyait désert; tu es venu
donner tête baissée dans un guêpier,
dont tu ne sortiras pas facilement. »
Salvador, cherchant à se remettre,
lui répondit avec une feinte modération : — Manuel, nous sommes ennemis, il est vrai; mais les temps sont
changés, oublions le passé : je me retire, et vous promets de ne donner
aucune suite à une affaire qui, je le
vois, vous intéresse. — Non, non,
répondit Manuel, on ne sort pas d'ici
comme on y entre. Toutes les personnes que voici rassemblées ont des
griefs contre vous, seigneur corrégidor : il ne serait sûr pour aucun
de nous de vous laisser sortir. Vous,
mon brave soldat, qui me répondez
de lui; si vous le laissez aller, songez
que vous paierez l'évasion du pré-
tendu diable de la cage. — Un soldat
de Charles-Quint, dit Québrantador,

n'a jamais laissé aller son prisonnier.
— Quand à vous, seigneur don Gusman, mon très-cher et très-honoré
client, vous, dont l'esprit chevaleres-
que et la générosité pourraient vous
engager à délivrer ce misérable, sachez, avant de faire une pareille
étourderie, ce que cela aurait de dangereux pour vous - même. — Quoi !
s'écria Salvador, suis-je donc prisonnier ?—Oui, seigneur ! reprit Manuel ;
le hasard me favorise aujourd'hui
d'une manière assez heureuse pour
me mettre à même de venger nos an-
ciennes injures, et d'éclaircir certains
faits relatifs à ma famille. — Vous
oseriez, dit Salvador furieux, sans
respect pour mon caractère et ma dignité.... — J'oserai bien des choses
auxquelles vous ne vous attendez pas,
répondit avec un regard malin et
joyeux le vieillard enchanté de sa cap-
ture ; votre charge, vous la déshono-
rez ; votre caractère, il n'est rien à

mes yeux ; votre pouvoir, il est fini
et le mien commence. Souvenez-
vous, seigneur Salvador, *de Bruxelles
et du Conseil des douze.* Ce n'est pas
votre faute, si don Antonio de Vargas, et Manuel de Melsem n'ont pas
péri dans les flammes. Vous étiez
pourtant lié à la confédération des
gueux par des sermens sacrés ; vous
les avez trahis. Comme il faut com-
battre les scélérats avec leurs propres
armes, j'ai aussi employé la feinte ;
mais ici je joue à découvert. Il faut
que vous remettiez entre mes mains
les papiers de la société dont vous êtes
possesseur, et qui compromettent
l'existence et la fortune de tous nos
amis. Mon beau-frère, don Antonio de
Vargas et moi, nous y sommes ins-
crits en toutes lettres. Quant à moi,
mes biens sont perdus ; mais ceux de
don Antonio, dont voici l'héritier,
seraient confisqués aussi, et la moitié vous en seraient dévolue, c'est ce

que nous voulons éviter. Donnez-
nous donc les moyens d'avoir ces papiers importans, et l'on vous rendra
la liberté. — Un moment, interrompit
Fernand, j'ai aussi mes griefs parti-
culiers ; il faut que je punisse l'affront
fait par cet hypocrite à Angéla, et
que je me venge de la prison infâme
qu'il m'a fait subir. — Chacun son
mot, dit don Gusman ; il faut que je
jouisse du plaisir de voir un inquisiteur puni par ceux qu'il voulait tourmenter. Qu'allez-vous faire à ce digne
et saint brûleur d'hommes ? — Sauf
meilleur avis, dit Manuel, qu'il soit
mis en lieu sûr, et qu'il jeûne au pain
et à l'eau jusqu'à ce que nous ayons
tenu conseil. — Au pain et à l'eau,
reprit don Gusman, ce sera réjouis-
sant. Allons, monseigneur, le jeûne
et la mortification sont des devoirs
pour un saint comme vous : prenez
votre mal en patience ; mais un petit
carême ne vous fera pas de mal. »

Fernand s'approcha de Salvador , et lui dit : — Je ne plaisante pas , moi : la perte de mon bien , ma mort même me seraient moins sensibles que tes infâmes tentatives sur cette jeune fille. Tu veux juger les autres ; tu veux que je respecte ta dignité et ton caractère : trembles, vil hypocrite, ta dernière heure n'est pas loin. — Oh! dit Manuel, un moment; ni les lois humaines, ni les lois divines ne nous donnent le droit de disposer de ses jours. Vous allez trop loin, mon cher neveu ; mais reposez-vous sur moi du soin de votre vengeance. Je connais un tribunal dont le nom seul le fera trembler ; et qui a la puissance nécessaire pour juger un déserteur, un transfuge , un traître. »

Salvador gardait un morne silence et fronçait le sourcil.

Fernand fit un signe à Québrantador et à Fabrice qui saisirent le corrégidor, et suivirent l'homme à deux

têtes. Il sortit de la galerie, et des-
cendant un escalier circulaire, il ouvrit une grille qui fermait l'entrée
d'une chambre souterraine. — « Fai-
tes-le entrer dans cette chambre, dit
Fernand. » Québrantador y introdui-
sit Salvador. Fernand lui dit en l'en-
fermant : — « Que cette grille qui re-
tombe sur toi te fasse penser aux victimes qui gémissent dans tes prisons,
et à la cage de fer où tu m'avais enfermé. » Salvador concentrait sa rage
au fond de son cœur. Il se jeta sur un
banc, croisa ses bras sur sa poitrine,
et resta sans mouvement.

Pendant l'absence de Fernand-Carlos, Angéla raconta ce qui s'était
passé dans le pavillon isolé, où Salvador l'avait fait conduire; puis comment elle en était sortie; et elle ajouta
que comme elle retournait chez elle
avec sa mère, selon le conseil de Manuel, vers la moitié du chemin elle
avait senti tout-à-coup qu'on lui

mettait un bandeau sur les yeux, et qu'on l'emportait avec rapidité. Elle s'était évanouie de frayeur, et s'était retrouvée dans le pavillon isolé. Salvador s'était présenté devant elle, et sa vue, réveillant les forces d'Angéla, elle s'était rappelée l'issue secrète et s'y était précipitée. Salvador ne sachant où cette issue conduisait, l'y avait suivie, et elle s'était trouvée avec lui dans cette galerie, où elle avait rencontré des libérateurs. Manuel prenant la parole, fit remarquer qu'il était très-nécessaire de savoir si d'autres personnes que Salvador avaient connaissance de ce pavillon ; ce qu'il croyait peu vraisemblable, attendu que l'hypocrite devait chercher à cacher sa conduite. Il se chargea donc d'aller lui-même faire des recherches à ce sujet, et de revenir apprendre au château ce qu'on lui aurait dit ; mais il ajouta qu'il ne croyait pas qu'il fût prudent pour Fernand-

Carlos de séjourner long-temps dans
le voisinage, s'il ne voulait s'exposer
à retomber bientôt dans les mains de
l'inquisition.

Don Gusman qui, depuis l'arrivée
d'Angéla s'était beaucoup occupé
d'elle, lui offrit sa protection ; mais
Manuel lui apprit qu'il s'en était
chargé, et que la reconnaissance et l'a-
mitié le liaient à la famille d'Angéla.
Il appela la vieille Flora, et lui ordonna de conduire la jeune fille dans
sa chambre.

Par Notre-Dame d'Atocha, s'écria
don Gusman, mon cher avocat, vous
connaissez toute la terre ! vous êtes
un homme aussi universel que mystérieux, et je commence à partager les
opinions de Fabrice sur votre compte,
et à croire que votre petit cheval
gris vous mène au sabat. Vous connaissez ce misérable coquin de Salvador, vous êtes ami de cette charmante
personne, vous appelez mon cousin

ou mes cousins Fernand-Carlos votre
neveu : Vous êtes donc mon allié ?
— Oui, répondit Manuel, puisque
votre oncle don Antonio de Vargas
est mon beau-frère. — Et où est-il
mon oncle ? — J'espère le savoir
bientôt. — Fernand-Carlos remonta
et dit : notre ennemi est en sûreté.
— Bon, répondit Manuel, il faut profiter de cela pour faire nos recherches.
J'aurais le plus grand intérêt à voir
le père Ambrosio. — En ce cas, mon
oncle l'avocat, lui dit don Gusman,
tâchez d'être plus heureux que je ne
l'ai été quand je l'ai questionné. —
J'en saurai tirer quelque chose, mieux
que tout autre, reprit Manuel; mais où
le trouver ? — Je pense, dit Carlos,
qu'il est en ce moment au couvent de
San-Lucar; apprenez qu'il est venu
nous voir dans notre prison, et qu'il
a assisté à notre interrogatoire. — Manuel très-satisfait de cette nouvelle,
ne voulut pas tarder plus long-temps

à se rendre au couvent, et se chargea
de reconduire lui-même Angéla chez
sa mère. Il engagea Fernand-Carlos,
à examiner l'endroit qui conduisait au
pavillon, et à faire des recherches
dans ce pavillon même, pour voir
s'il ne communiquait pas au couvent.
Don Gusman offrit de l'aider dans ses
recherches. Mes chers cousins, dit-il
en prenant les deux mains de Fernand-
Carlos, j'espère que vous ne pensez
plus à notre duel. Nous avons à faire
quelque chose de plus intéressant
que de nous couper la gorge, et il en
sera toujours temps lorsque la fan-
taisie nous en reprendra. — Je suis
de votre avis, mon cousin, répliqua
Carlos. — Je veux vivre, dit Fernand,
pour me venger de Salvador. — Pro-
mettez-moi, leur dit Manuel, de ne
pas vous battre que je ne sois votre
témoin? Gusman assura que cette
condition lui convenait. Il avait beaucoup moins d'envie de se battre de-

puis qu'il avait vu Angéla. Manuel
leur fit donner leur parole d'honneur
d'ajourner indéfiniment leur querelle,
et il les quitta pour reconduire la
jeune fille, et la remettre entre les
mains de sa mère.

~~~~~~

CHAPITRE IX.

Vous ne voyez en moi qu'une femme coupable,
Conduite par l'amour dans ce lieu respectable.
J'aimais , j'étais aimée !

Lettre de Comminges.

Dès que Manuel fut sorti , Fernand-
Carlos donna des ordres à Enrique
pour qu'il préparàt un appartement
à Don Gusman , et qu'il logeàt Fabrice
et le soldat. Pour lui , mettant son
manteau , il entra dans le passage d'où
était sortie Angéla , et qu'il avait cru
jusqu'alors communiquer aux fossés
du château : mais quand il y fut entré, il trouva un détour qui le conduisit à une allée couverte et obscure
du parc, au bout de laquelle était
une grotte à demi ruinée; il l'examina
attentivement et trouva au fond une

porte couverte de rocailles, qu'il ne
distingua que parce qu'elle était en-
trouverte; l'ayant franchie, il se trouva
dans le jardin qui entourait le pavillon.
Sa surprise fut extrême de voir que
ce bâtiment était au milieu de son
parc, sans qu'il s'en fut jamais aperçu
auparavant. Il y entra précipitamment et trouva la vieille gardienne
qui l'habitait, occupée à mettre en
ordre une chambre au rez-de-chaussée. Fernand prit alors la parole et
dit à la vieille, d'un ton impérieux et
menaçant qui la fit trembler. — Qui
es-tu, que fais-tu ici?—Monseigneur,
je suis une pauvre femme et je demeure dans cette maison dont je suis
gardienne — qui t'y a établie? —Feu
Marcel, l'ancien jardinier de Don Salvador — Depuis quand Salvador y
vient-il?—Depuis trois ans, Monseigneur. — Seul? — Quelquefois, mais
pourquoi me faites-vous ces ques-
tions?—Vieille hypocrite, duègne in-

fernale, fais ton paquet et sors de chez moi sur le champ. — Hélas mon bon seigneur, où voulez-vous que j'aille? — Où tu voudras, vieille Mégère, pars sur-le-champ, te dis-je et ne réplique pas.—La vieille, surprise et muette de terreur, s'enfuit précipitamment.

Mon frère, dit Fernand à Carlos, en rejetant le capuchon qui couvrait sa tête, examinons ce pavillon avec soin : la vieille est sortie par une porte donnant sur la forêt; mais j'ai des raisons de croire que quelque chemin souterrain communique avec le couvent. — Si cela est, je le ferai détruire et combler le plus promptement possible. Les deux frères se mirent à examiner soigneusement toutes les chambres du rez-de-chaussée. Presque toutes étaient pavées en pierre : la plus reculée, qui avait l'air d'avoir servi de salle d'armes, était parquetée et entourée d'un haute boiserie de chêne. la vétusté du parquet laissait entrevoir des jointures peu exactes ; Fernand-Carlos en frappant du pied à divers endroits, entendit un son creux, et chercha à découvrir la porte ou la trappe qui devait s'ouvrir en cet endroit. Comme il connaissait plusieurs entrées semblables dans son château, il il ne fut pas long-temps à faire glisser un panneau qui lui découvrit un escalier tournant. Il avait pris toutes ses précautions ; il eut bientôt allumé sa lanterne, et il s'enfonça dans cette ouverture qui le conduisit par une cinquantaine de marches à une galerie voûtée semblable à celle qui conduisait de son château au cimetière. Après avoir fait trois-cents pas dans ce souterrain, il se trouva tout-à-coup arrêté par un obstacle singulier : c'était un puits qui occupait toute la largeur de la galerie et qui semblait en être la seule issue.—

Mon frère, dit Carlos, nous nous sommes trompés, retournons sur nos pas.—Non, dit Fernand, cette galerie n'a pas été faite pour rien ; il y a une autre issue, ou ce puits lui-même en est une. — Il y jetta une pierre pour savoir s'il y avait de l'eau, et s'il était profond. La pierre retentit sur un corps solide. — Il n'y a pas d'eau, dit Fernand. Regardons s'il n'y a pas moyen d'y descendre. Les deux frères se penchèrent en même temps. Un vent frais qui frappa leurs figures leur annonça un passage, et en effet ils virent de l'autre côté une voûte qui se prolongeait : mais comment y parvenir? En s'appuyant sur le bord du puits, Carlos sentit de son côté un mouvement comme si la mardelle cédait : il le dit à son frère, qui, après plusieurs essais, comprit que ce devait être un pont tournant : en effet, il poussa vigoureusement le côté opposé à celui où la mardelle

5 *

semblait peu solide, et il se sentit
porté vers l'ouverture en passant par
dessus le puits. Les gonds et les res-
sorts étaient rouillés, criaient et tournaient avec peine : cependant, après
quelques efforts, la machine céda, et
Fernand-Carlos ayant franchi ce premier obstacle, se trouva dans une galerie semblable à la première, au
bout de laquelle il arriva dans une
espèce de salle ronde à laquelle abou-
tissaient plusieurs passages étroits. Il
s'y arrêta, croyant entendre quelque
bruit. Bientôt un soupir prolongé
frappa ses oreilles, et fut suivi de
quelques gémissemens.—Entends-tu,
mon frère, dit Carlos à voix basse.
Dans le même moment un bruit de
chaînes retentit sous la voûte, et une
voix sourde prononça distinctement
ces mots : « Dieu juste, faites cesser
» mes souffrances en me rappelant à
» vous! »

— Quelqu'un se plaint, répondit

Fernand à son frère, je ne m'étais pas trompé, nous sommes ici dans les souterrains du couvent.

En ce moment la cloche sonna.

Écoute, dit Fernand à son frère, la cloche sonne, c'est le même son et le même éloignement que quand nous étions nous-mêmes prisonniers. — Je le crois dit Carlos ; écoutons encore. — La voix qu'ils avaient déjà entendue poussa un soupir et prononça le nom d'Angéla. Les deux frères tressaillirent. C'est la voix du vieillard, dit Carlos très ému. Si nous pouvions le tirer de sa prison ! — Fernand qui portait la lanterne, s'approcha de la porte du caveau d'où semblait venir la voix. Une énorme serrure, des verroux et des cadenats s'opposaient à toute tentative. — Impossible d'ouvrir cette porte, dit Fernand.— Mais lorsqu'on viendra l'ouvrir, dit Carlos; quand le geolier apportera la nourriture au prisonnier, qui nous empê-

chera de profiter de ce moment? —
Et qui te dit, mon frère, que ce geolier sera seul, qu'il ne donnera pas l'al-
larme? Cependant, attendons, et visi-
tons les détours de ces sombres réduits. — Ils marchèrent avec précaution le long d'un corridor où étaient,
de distance en distance, les portes de
plusieurs cachots. Ils entendirent encore des plaintes et des soupirs. —
Il y a plusieurs victimes, dit Carlos,
et pourquoi en délivrer une seule?
— Toute idée généreuse était facilement adoptée par Fernand. Tu as
raison, dit-il à son frère; brisons les
portes d'un cachot; le prisonnier que
nous aurons délivré nous aidera pour
en délivrer un autre, et à mesure que
nous en rendrons libres, nos forces
augmenteront. — Carlos dit à son
frère : il faut ici plus de prudence.
Cachons - nous, voyons quand et
comment on ouvre les portes des prisonniers : de quelle manière s'y prend

le geolier, s'il est seul ou accompagné:
d'après ces renseignemens nous agi-
rons avec d'autant plus de facilité que
nous pouvons faire sortir les captifs
par notre château.

Comme il parlait ainsi : une clarté
parut du côté opposé à celui où était
l'homme à deux têtes. Il ne douta pas
qu'elle ne vint de l'intérieur du couvent, et refermant sa lanterne sourde,
il se blottit dans un enfoncement, où
étaient entassés divers objets.

Deux personnes s'avançaient, l'une,
était un vieux moine qui portait un
panier, l'autre, un jeune novice : celui-ci marchait à quelque distance du
premier, qui lui dit, en se retournant,
avancez donc, frère Raphaël, on croi-
rait que ces souterrains vous effrayent:
il est utile cependant que vous en
connaissiez le secret. — Mon père,
reprit Raphaël, d'une voix douce, je
ne puis me défendre d'une terreur secrète qui s'augmente à chaque pas,

par l'horreur de ces lieux, par les
soupirs et les gémissemens qui frap-
pent mes oreilles, et par les affreux
instrumens de supplice que vous m'a-
vez fait voir tout à l'heure. Quel rapport des cachots et des tortures peu-
vent-ils avoir avec une religion de
paix et d'amour, et avec le repos que
j'espérais trouver dans cet asile sacré,
contre les troubles et les agitations
du monde que je veux fuir?

Arrêtons-nous un moment, **mon**
fils, dit le vieux moine. Je crains que
votre foi ne soit chancelante, et avant
de passer outre, il me semble nécessaire de vous donner quelques ins-
tructions. C'est demain que vous devez prononcer vos vœux : est-ce que
vous ne sentiriez pas toute la ferveur,
tout le zèle nécessaire pour faire une
entière abnégation de vous-même?
Songez qu'il ne faut pas de tiédeur;
qu'il faut pouvoir vous écrier **avec**
l'apôtre:

Comedit me zelus domus tuæ Domine ,
Seigneur , le zèle de votre maison me dévore.

Je me crois ici, répondit le jeune novice, dans le port du salut. Le monde
est une mer orageuse dont mon âme
redoute les tempêtes, et je me réfu-
gie dans le sein de la religion. — Je
vois, reprit le vieux moine, que ce sont
des chagrins, un dépit, peut-être quelqu'amour contrarié qui vous ont jeté
parmi nous. Votre vocation n'en est
pas moins un bienfait de la grâce ; li-
vrez vous à son influence salutaire, et
ne repoussez pas le bras de la provi-
dence qui vous attire vers elle pour vous
sauver.—Expliquez-vous mieux, mon
père. — Je vais le faire, mon fils ; je
vous ai étudié pendant votre noviciat ;
j'ai deviné la cause de votre préten-
due vocation, et j'ai lu dans votre
cœur, que vous n'auriez pas plutôt
prononcé des vœux irrévocables, que
vous vous en repentiriez. L'instant

approche, et vous allez consommer
le sacrifice : malheureux enfant, puis-
sai-je fermer l'abîme qui s'ouvre sous
vos pas. — Je vous comprends encore moins. — Je vais vous parler ici
à cœur ouvert : nul ne peut nous observer... car si l'on m'entendait, je
serais perdu ! Vous êtes ici, mon enfant, dans l'antre de la discorde et de
l'hypocrisie, dans le séjour de la fureur
et de la cruauté. Ces instrumens de
torture que vous venez de voir, ser-
vent aux supplices des malheureuses
victimes que renferment ces cachots,
et ces gémissemens que vous venez
d'entendre sont les soupirs que leur
arrache une longue captivité. Hélas !
aucun de ces prisonniers ne sortira
d'ici que pour aller à la mort. Il y
aura le mois prochain un *grand auto-
dafé* à Madrid. On veut lui donner la
plus grande importance et tout l'ap-
parat et la solennité possible, pour
effrayer les hérétiques dont le nom-

bre augmente de jour en jour; on a
donc résolu de vider tous ces cachots
pour augmenter les exécutions, et les
saints bourreaux cherchent par-tout
de l'aliment pour la flamme de leurs
bûchers. Ce couvent est dévoué à l'inquisition, et dès que vous auriez prononcé vos vœux, vous seriez, malgré
vous, affilié à ce tribunal sanguinaire.
Jeune homme, je vous connais mieux
que vous-même. Votre douceur, votre mélancolie m'ont touché. J'ai lu
dans votre cœur le secret de vos peines. Rentrez dans le monde, il en est
encor temps; après demain vous
pleureriez sur vos vœux téméraires.
Regardez-moi bien attentivement :
voyez ces yeux cavés, ces joues sillon-
nées de rides; ne croyez pas que ce
soit l'effet de la vieillesse et des aus-
térités; non, j'ai à peine cinquante
ans. Ces traces sont celles d'un long
regret, et d'un désespoir concentré.
Ces deux sillons ont été creusés sur

mes joues par mes larmes abondan-
tes. Toutes les nuits elles mouillent
ma couche solitaire, et l'aurore ne les
arrête que pour dérober à mes con-
frères un secret qui m'attirerait leur
haine, et peut-être leur vengeance.

— Ah! mon père, s'écria Gabriel,
oui, vous avez lu dans mon cœur;
je cherchais à me cacher à moi-même
le retour que j'avais fait depuis quelque temps sur mes premières pensées : mais plus le moment s'approche, plus je le redoute, et cependant
je n'ai pas toute l'expérience que vous
a donnée un long séjour parmi les
moines. S'il était un remède à ma situation, si je pouvais suivre vos conseils, je serais trop heureux, mais je
dois vous l'avouer : je n'ai nulle ressource, nul appui dans le monde, de
grands malheurs m'ont exclu de la société : je ne saurais où reposer ma
tête si je sortais d'ici.—Vous me sur-
prenez étrangement, dit le moine;

ouvrez-moi votre cœur; nous sommes en sûreté, c'est l'heure à laquelle
les pères font la sieste, nul ne péné-
trera dans ces souterrains, puisque
je me suis chargé de porter aujour-
d'hui la nourriture aux prisonniers.
— Quoi, dit Gabriel, avec empressement, cet emploi serait-il alternativement exercé par les moines? — Vous
vous déguisez mal, mon fils, dit en
souriant le père; vous venez de faire
cette question d'une manière qui annonce un puissant intérêt: mes con-
fidences suivront les vôtres. Sachez
maintenant que si je vous ai amené
dans ces souterrains, c'est que j'ai
souvent remarqué la curiosité avec
laquelle vous sembliez en examiner
l'entrée, et les recherches que vous
faisiez, quand vous vous croyez seul,
pour découvrir comment on y pénètre.—Vous croyez... Je vous assure...
cependant... — Vous vous troublez,
pauvre novice, continua le père; je

connais le cœur des hommes; rien ne
m'a échappé. — Ciel ! reprit Gabriel
tremblant, vous m'avez amené ici
pour me perdre ! — Le croyez-vous,
demanda le père? (son ton était tellement froid, sa figure si impassible,
que nul n'aurait pu lire dans son âme
ce qui s'y passait.) Je vous pardonne
cependant, ajouta-t-il: mon habit au-
torise tous vos soupçons. Il faut d'a-
bord que je réponde à votre première
question. Le gardien ordinaire de
cette prison est malade depuis un
mois : on n'a pas jugé à propos de le
remplacer : chacun des pères du couvent s'est chargé de remplir ses fonctions alternativement. Ma semaine a
commencé hier.

Fernand - Carlos entendait toute
cette conversation du lieu où il s'était
caché : les paroles ambigues du moine
le faisaient douter de ses intentions
à l'égard du jeune novice; il venait
d'apprendre avec plaisir que tout le

monde dans le couvent se livrait au
repos, et que les clefs des cachots
étaient dans les mains d'un homme
qui ne serait pas de force à lui résis-
ter s'il en avait l'intention. Fernand
impatient voulait se montrer : Carlos
le supplia d'écouter encore un moment.

Le novice prenant un ton composé, dit au père : — « Vous m'avez
donc jugé digne de vous aider dans
cette fonction ? — Oui, répondit le
moine, pour vous faciliter le moyen
de retrouver celui que vous cher-
chez. Est-ce un père, un frère,
un ami ? parlez franchement ; nous
nous tenons tous les deux sur la dé-
fensive, comme si nous avions peur
l'un de l'autre ; et je vous le jure
sur l'honneur, jeune homme, votre
air de candeur, votre douleur muette
m'ont touché. J'ai voulu vous être
utile, vous sauver pendant qu'il en
était temps encore : ne balancez pas

davantage, où renoncez à ma protection.

— Je m'y livre, dit le jeune homme : mon père, il est vrai, un ami
d'enfance, qui m'est plus qu'un frère,
a été enlevé, il y a près de deux ans,
sous prétexte d'hérésie. J'avais été
plusieurs mois sans avoir de ses nouvelles, et dans l'ignorance la plus absolue de son sort, lorsque je reçus
d'un inconnu un billet qui ne conte-
nait que ces mots : *Je gémis dans les
souterrains du couvent des dominicains
de San-Lucar.* Je reconnus l'écriture ;
mon plan fut aussitôt pris, formé et
exécuté. Je demandai à entrer dans
l'ordre de Saint-Dominique ; je com-
mençai mon noviciat : vous savez le
reste.

— Quel est le nom de votre ami,
demanda le père?—Ramire de Roxas,
dit Gabriel d'une voix émue et mal
assurée. — « Il est vrai, dit le moine,
qu'il est dans l'un de ces cachots. Je

puis vous introduire près de lui, mais
pour peu d'instans. » En disant ces
mots, le père tira les verroux, mit
une énorme clef dans la serrure, et
ouvrit une porte; puis allumant un
cierge, il éclaira le cachot où Ramire
était assis sur un banc, et enchaîné
par le milieu du corps. Le prisonnier
jeta un regard sur ceux qui entraient,
et se précipitant aux genoux du jeune
novice, il lui saisit la main, la baisa
avec transport, et s'écria : — « O ma
chère Gabrielle ! ô ma bien aimée, tu
viens me rendre la vie ! » Gabrielle
s'évanouit dans ses bras ! Le bon père,
surpris de trouver une femme sous
l'habit d'un jeune novice, resta muet
d'étonnement. Il s'empressa cependant de la secourir, et lui jeta quelques gouttes d'eau sur le visage. Les
tendres caresses de Ramire, le son
de sa voix ranimèrent Gabrielle, qui,
reprenant ses forces, dit au moine :
— « Mon père, j'ai retrouvé mon

époux, je ne le quitte plus; dussai-je
aller à la mort avec lui. — Votre
époux! — Oui, nous sommes fiancés :
nous devions recevoir la bénédiction
nuptiale le lendemain du jour où Ramire disparut. Mon sort est lié au
sien ; vous m'avez fait entrer dans ce
cachot, je n'en sortirai qu'avec mon
époux....

— Vous allez en sortir sur - le -
champ, » dit une voix terrible ; et un
personnage que l'on n'attendait pas
là, se jette sur les chaînes, les secoue
vigoureusement, et posant une épée
sur le cœur du moine, lui ordonne
d'en ouvrir le cadenat.

Le moine lève les yeux, aperçoit
l'homme à deux têtes, et laisse tomber le trousseau de clefs qu'il tenait à
la main. Fernand - Carlos s'en saisit,
ouvre le cadenat, jette les chaînes à
terre, et dit à Ramire : — « Vous
voilà libre, suivez-moi ; ouvrons les
autres cachots. » Le moine qui avait

cédé à un premier mouvement de
surprise, et peut-être de frayeur,
retrouva la parole, et lui dit : — « Un
pouvoir surnaturel peut seul vous
avoir amené ici? Au nom du ciel! je
vous conjure de me dire qui vous
êtes. Je vous ai vu il y a quelques
jours au tribunal : on vous a enfermé
en ma présence dans une cage de fer ;
on vous croit sur la route de Madrid,
et vous voici dans ces souterrains,
où l'on ne peut pénétrer que par des
entrées mystérieuses.... Cependant je
ne puis croire que vous soyez un esprit de ténèbres ou une créature dé-
chue, dévouée à Satan, puisque je vous
vois ici faire du bien......

— Eh pourquoi ferai-je du mal !
reprit brusquement Fernand, je ne
suis pas inquisiteur.

—Je le suis malgré moi, répondit
le père; et la preuve, c'est que je ne
demande pas mieux que de vous aider à sauver les prisonniers qui sont

ici; mais comment les faire sortir du
couvent sans qu'ils soient aperçus? —
Cela me regarde, dit Fernand : ou-
vrez seulement les portes, et annon-
cez aux prisonniers que l'homme à
deux têtes leur rend la liberté. — J'y
consens, seigneur; mais qu'en feront-
il? S'ils reparaissent dans l emonde,
le Saint Office les saisira par-tout où
ils s'établiront. » Tout en parlant, le
moine avait ouvert un cachot où se
trouvait le vieux Rodriguès. — « Voici
l'oncle d'Angéla, dit Carlos à son
frère, je le reconnais. »

Les deux autres cachots furent ou-
verts; mais ils étaient vides. Fernand
et Carlos reconnurent dans l'un des
deux celui qu'ils avaient habité.

— « Suivez-moi, si vous voulez
revoir le jour, dit Fernand aux prisonniers, que la joie et la surprise
rendaient muets.—Mon frère, lui dit
Carlos avec douceur tu ne songes
pas que ce bon père va se trouver

compromis, et accusé d'avoir fait évader les prisonniers : n'aura-t-il pas à craindre quelque châtiment? — Sans doute, répondit le moine, je dois m'attendre à subir le sort qui leur était réservé; mais je ne puis m'y soustraire. — Quittez ce couvent... — Où irais-je? depuis trente-deux ans je ne connais plus d'autre patrie. — Venez avez nous. — Non, je vais retourner à ma cellule. Il est possible qu'on ne me soupçonne pas : la fuite du jeune novice le fera accuser de cette affaire. Je vous quitte, je m'enfuis : Dieu vous conduise; mais je ne puis deviner par où vous sortirez d'ici. » En disant ces mots il marcha rapidement le long du corridor, et disparut dans les ténèbres.

Fernand engagea alors les deux prisonniers et le faux novice à le suivre. Ramire, qui n'avait pas quitté le bras de Gabrielle, accepta avec reconnaissance. Carlos offrit son bras au vieillard : ils repassèrent par le même chemin que Fernand - Carlos avait suivi pour venir, et ils ne tardèrent pas à se trouver dans le château de Vargas, au grand étonnement des personnes qui se voyaient délivrées si miraculeusement.

CHAPITRE X.

« Quand j'aurai besoin de vos avis, je vous
» les demanderai. Quand j'implorerai votre
» assistance, il sera temps de me la refuser.
» Quand j'attacherai de l'importance à votre
» opinion, il ne sera pas trop tard pour
» l'exprimer.

WALTER SCOTT.

Lorsque Manuel Bordognès rentra au château, il ne fut pas peu surpris d'y voir une espèce d'assemblée présidée par Fernand-Carlos, et dans laquelle il aperçut son vieil ami Rodriguès. Sa figure qui annonçait beaucoup d'humeur, prit sur-le-champ une teinte de gaîté ; il se jeta dans les bras du vieillard, et demanda l'explication de ce qu'il voyait. Fernand raconta comment il avait délivré les prisonniers et le faux novice. — « Par saint Jacques, s'écria le petit avocat,

vous avez fait un beau chef-d'œuvre!
— Comment, dit Fernand irrité, j'ai
mal fait de délivrer ces victimes?....
— Très-mal, je le répète; vous avez
détruit mon ouvrage. Je me rendais
au couvent avec le titre et les pouvoirs d'inspecteur pour la foi; j'allais
réviser les actes d'arrestation, et or-
donner une translation qui mettait
les prisonniers en sûreté : j'arrive, je
trouve tout en rumeur : le père Bene-
dit, mon ami, digne et saint homme,
qui ne sert l'inquisition que par force,
et qui, comme moi, lui soustrait souvent des victimes, vient à moi tout
effrayé, me parle d'un diable, d'un
possédé qui lui a posé une épée sur
le cœur; et c'est vous qui avez fait
cette belle opération. — S'ils sont
sauvés qu'importe, reprit Carlos? —
Mais ils ne le sont pas, où voulez-
vous qu'ils aillent? croyez - vous
qu'on vive dans le monde sans liens,
sans rapports, sans aucune sou-

mission aux lois et aux formes de la
société ? — Vos formes sociales sont
le code de l'injustice. — Mais ce sont
des chemins battus dans une forêt,
des points de reconnaissance dans un
labyrinthe. Élevé loin du monde,
vous êtes loin de comprendre cet en-
chaînement merveilleux, qui, mêlant
le bien et le mal, utilise l'un pour
adoucir l'autre. Jeté dans un tourbillon, vous ne pouvez en contrarier
les mouvemens sans risquer d'être
renversé, écrasé par la foule impé-
tueuse, dont le choc puissant ne connaît pas d'obstacle. Jeune homme
sans expérience, que votre forme extraordinaire condamne à n'avoir avec
la société que des relations indirectes,
réprimez votre fougue dangereuse,
laissez-vous conduire par un homme
sage et expérimenté, vous ne pouvez
être heureux que par votre isolement.
Faites-vous une société intime, peu
nombreuse ; jouissez au milieu d'elle

de tous les plaisirs que peut donner
la richesse ; mais ne portez pas au
dehors votre inquiétude et vos passions, sans quoi vous vous préparez
les plus grands malheurs. » Fernand-
Carlos était peu habitué à s'entendre
parler avec autant de supériorité :
sa surprise était cause qu'il avait laissé
le vieillard dire tout ce qu'il avait
voulu. — « Il a raison, mon frère,
dit Carlos en soupirant. — Je con-
çois très-bien tous ses beaux raison-
nemens, répondit Fernand, mais je
ne me soumettrai point. — J'en suis
fâché ; mon neveu, dit Manuel sans
s'émouvoir, et avec l'apparence du
plus grand sang-froid ; mais comme
frère de votre mère, je suis votre tuteur naturel : vous n'êtes point ma-
jeur, et je m'empare de mes droits
sur votre personne, dans votre propre intérêt et pour vous sauver de
vous-même. — Oui, dit Fernand en
souriant ! qui constatera vos droits,

et vous donnera le pouvoir de les exercer ? — La loi, reprit Manuel. — Et comment l'invoquerez-vous, continua Fernand d'un ton ironique, lorsque vous êtes dans ce pays sous un nom supposé, et lorsque votre tête est en danger si vous êtes reconnu pour Manuel de Melsem, ennemi du roi et de la religion. — Par Martin Luther ! s'écria Manuel, la tête brune raisonne mieux que ma tête grise, et quand je veux donner une leçon je reçois la mienne. Allons, mon neveu, traitons de puissance à puissance, je ne désire que votre bien ; mais ma vivacité m'a emporté trop loin. — Si cela est ainsi, dit Fernand, faisons la paix : ne soyez pas mon tuteur, mais mon ami. Aidez-moi à me venger de Salvador, à savoir ce que mon père et ma mère sont devenus, et que votre expérience me dise ce que je deviendrai moi-même dans le monde. — Carlos ajouta : J'assure que

6 *

mon frère a parlé comme je pense,
et que cette fois nous sommes parfai-
tement d'accord. — Profitons-en bien
vite, dit Manuel : d'abord il n'y a pas
un instant à perdre pour que mon
vieil ami Rodriguès s'embarque pour
la Flandre ; il ne peut pas y aller par
terre , il courrait trop de dangers et
le voyage serait trop long. Nous avons
à l'embouchure de Guadalquivir un
bâtiment qui doit partir demain à la
pointe du jour : le capitaine est des
nôtres ; il faut que Rodriguès emmène
avec lui sa jeune parente , qui court
ici trop de dangers. — Emmener Angéla ! s'écrièrent les deux têtes. —Non,
reprit Manuel après un moment de
réflexion , nous nous chargerons nous
mêmes du soin de sa sûreté. Ce qui
est très-pressé, c'est de faire changer
de costume à ce jeune novice et au
prisonnier, et de s'informer d'eux où
l'on pourrait les conduire pour assurer leur tranquillité.—Ramire poussa

un profond soupir, et dit à Manuel
que le remettre dans sa famille serait
le perdre de nouveau. — « Je vous
raconterai mon histoire et celle de
Gabrielle, ajouta-t-il, si vous avez le
loisir de m'entendre ; mais sachez que
Gabrielle et moi nous ne pouvons
compter dans le monde sur aucun
appui. » Fernand et Carlos se regardèrent d'une manière expressive. Ils
se levèrent, et allant avec vivacité à
un grand coffre placé dans un coin
de la chambre, Fernand prit un sac
pesant, le mit sans rien dire dans les
mains du jeune homme ; et Carlos lui
dit : — « Avec de l'or, on m'a assuré
qu'on n'était jamais dans l'embarras.
— Fort bien, répondit Manuel, quand
avec l'or, on a la prudence. Jeune
homme, dit-il à Ramire, croyez-vous
avec cette somme pouvoir vous tirer
d'affaire ? j'y puis joindre une lettre
de recommandation pour un négo-
ciant flamand, qui vous obligera de

ses conseils et de sa protection. Les
eunes gens étonnés avaient peine à
répondre. Cependant Ramire demanda qu'on lui procurât seulement des
habits de paysans pour lui et pour
Gabrielle, et dit qu'il savait parfai-
tement ce qu'il avait à faire. On chargea Eurique de leur procurer ce qu'il
leur fallait, et ils partirent en com-
blant leurs libérateurs de remercî-
mens.

Gusman qui avait été présent à
toutes ces scènes, avait jusqu'alors
gardé le silence. Il était plongé dans
une profonde rêverie, dont il ne sortit que pour se retirer dans son appartement, après avoir adressé à Manuel et à Fernand-Carlos quelques
mots insignifians. Le jour baissait,
chacun se retira, et Manuel emmena
Rodriguès, à qui il avait à parler en
particulier.

CHAPITRE XI.

Les fâcheux à la fin se sont-ils écartés ?
Je pense qu'il en pleut ici de tous côtés.
Je les fuis et les trouves, et pour second martyre,
Je ne saurais trouver celle que je désire.

MOLIÈRE.

Pendant que chacun se livre au repos, il y a plusieurs sortes de gens qui ne dorment jamais : les amans, les ambitieux, les politiques et les hommes qui méditent des crimes, ou ceux à qui leur conscience en reproche. On dormit donc peu dans le château de Vargas. Aussitôt que Manuel fut seul avec Rodriguès, mon vieil ami, lui dit-il : il ne fait pas bon pour nous dans ce pays. Tu vois les périls que nous y avons courus, ils ne peuvent qu'augmenter. La disparition de Salvador ne peut manquer d'éveiller les soupçons ; l'existence de

mon neveu étant connue fixera sur
lui les regards; *sa mauvaise tête* le
précipitera dans mille dangers que
les circonstances politiques feront
naître sous ses pas. Il m'a fort judicieu-
sement fait observer que je n'avais
nul droit sur lui; la prudence doit
donc me dire de ne me point mêler
de ses affaires. Il paraît d'ailleurs que
quelqu'un s'en occupe mystérieusement. Il a de l'argent, des habits, tout
ce qui tient au luxe et aux commo-
dités de la vie, comme s'il habitait un
château de fées. Nous n'avons rien à
faire là. Mais, mon cher Rodriguès,
j'ai fait une remarque importante;
Angéla, votre jeune et belle nièce,
a inspiré à cet être extraordinaire
une passion aussi extraordinaire
que lui. Il y a tout à en craindre.
Laissons-donc Fernand-Carlos à sa
fortune, et tâchons de corriger la
nôtre par la prudence; partons sans
faire d'adieux à personne; emmenons

avec nous Angéla et sa mère, le bâtiment dont je parlais tantôt et qui
croise à l'embouchure du Guadalquivir, est celui du capitaine Selder,
c'est dire qu'il est à nos ordres. J'ai
un cheval à l'écurie, j'en trouverai facilement un pour toi, ne perdons, pas
un moment, approuve-tu mes projets? — Je suis habitué, répondit Rodriguès, à m'en rapporter à toi : partons donc.

Ils sortirent, et pendant que Rodriguès se rendit au logement d'Enrique pour se faire ouvrir la porte du
château, Manuel approcha de l'écurie où il vit de la lumière. Il s'arrêta
sur-le-champ, lorsqu'il entendit Fabrice qui disait : oui mon brave,
nous quittons ce château sans bruit :
mon maître nous attend dehors, la
porte est restée entr'ouverte attendu
que l'on a mis le bonhomme de concierge dans la confidence. Lorsque
minuit sonnera, nous sauterons sur

nos chevaux, et le petit cheval gris
servira de palefroi à la belle dulcinée
dont mon maître projette l'enlèvement. — Peste ! se dit en lui-même
Manuel ; il s'agit de l'enlèvement
d'Angéla ; nous verrons cela, seigneur Gusman. En ce moment le
petit cheval gris, qui sentit son maître,
se mit à hennir avec force. On dirait,
dit Fabrice en riant, qu'il entend
qu'on parle de lui; par saint Fabrice,
mon patron, je le crois un peu sorcier,
et ce n'est pas sans quelque crainte
que je mettrai la main sur lui. —
Vous n'êtes guères brave, mon ami,
lui dit Québrantador à qui il parlait :
si vous aviez comme moi servi sous
Charles-Quint... Mais comme il ne
faut pas perdre de temps, je vais, moi
le seller et le brider, fut-il le cheval
du diable. Le soldat eut bientôt fait,
et le petit cheval gris ne se sentit pas
plutôt libre, qu'il donna une ruade
qui fit sauter en l'air la lanterne que

tenait Fabrice, et qu'il courut à son maître qui se tenait au dehors à la porte de l'écurie. Manuel ferma sur-le-champ la porte au verrou extérieur, sauta sur son cheval, prit Rodriguès en croupe, en passant, et piqua vers la maison d'Angéla.

Fabrice effrayé avait jeté un cri, puis se voyant tout à coup dans l'obscurité, et entendant fermer la porte, il tomba à genoux en disant : « il est sorcier, » je l'avais deviné, ah! saint Fabrice, » saint Jacques, grand saint Domi- » nique, ayez pitié de moi. » Qué- brantador se mit à rire. — Je vous conseille de rire, dit Fabrice. Comment sortir d'ici? — En enfonçant la porte, répondit le soldat. — Mais vous allez faire du bruit. — Que m'importe? Un homme comme moi ne se cache pas. — On s'apercevra de notre dé- part. — Qui voudrait s'y opposer se- rait bien hardi!... et il commença à frapper sur la porte à coups redoublés, mais elle était solide et bien fermée.

Minuit sonna, et don Gusman qui se promenait en long et en large dans l'avenue du château, s'arrêta pour entendre le pas des chevaux qu'il attendait. Bientôt il commença à s'impatienter contre la lenteur de Fabrice. Aucun bruit ne frappant son oreille, il s'avança avec précaution jusqu'à la porte du château qu'il trouva entr'ouverte. Le même silence régnant dans la première cour, il tourna du côté des écuries, et entendit les cris et les coups dont la voix mâle de Québrantador et ses poings vigoureux faisaient retentir les alentours. Qu'avez-vous à crier ainsi, demanda Gusman ? — Nous sommes prisonniers, répondit Fabrice. Quand je vous disais, mon cher maître, que le petit cheval gris était le diable, et don Manuel un sorcier. — Tu as vu don Manuel ici, demanda don Gusman, en tirant le

verrou et ouvrant la porte. — Non !
reprit Fabrice, mais j'ai vu son cheval
de Belzébuth, qui a cassé notre lanterne, qui s'est échappé de mes mains,
et qui a fermé la porte au verrou.
— Et nos chevaux, sont-ils aussi en
fuite?—Non, les voici sellés et bridés,
mais demandez à Québrantador... —
Nous causerons en route, dit Gusman,
j'ai un pressentiment que je dois me
hâter. Il sauta sur son cheval, les deux
autres en firent autant : mais quand
ils arrivèrent à la grande porte, ils la
trouvèrent fermée. — Par saint-
Jacques, s'écria don Gusman, tous
ces obstacles ont pour but de m'oc-
casionner du retard. Le concierge est-
il gagné? Fabrice, appelles-le, et qu'il
nous ouvre.

Fabrice obéit, et Enrique parut à sa
fenêtre comme un homme qui sort
de son lit, et demanda avec inquiétude qui était-là? — Moi, répondit
Gusman, et je trouve fort étonnant

qu'après ta promesse, tu nous aies trahis. — Eh! mon cher seigneur, pourquoi vous trahirais-je? n'êtes-vous pas maître de voyager comme bon vous semble? Vous m'aviez dit de tenir la porte ouverte jusqu'à minuit. Je vous ai obéi. Quand l'heure a été passée, j'ai pris ma grosse clef et j'ai fermé deux bons tours; mais si cela vous plaît, je vais vous ouvrir. Permettez-moi seulement de me vêtir pour paraître décemment devant vous. — Viens comme tu es, ou jette-nous les clefs, reprit Gusman, qui bouillait d'impatience. — Eh bien, je suis à vous, répondit Enrique : mais sa démarche rallentie par l'âge, ne répondait pas à sa bonne volonté. Il mit un quart-d'heure à jeter un vêtement sur lui, à descendre, à mettre les clefs dans les serrures qui étaient rouillées et qui ne tournaient pas facilement. Enfin les gonds crièrent, la porte roula, et Gusman s'élançant à toute bride, malgré l'obscurité, mit son cheval au galop.

Monsieur, lui cria Fabrice, vous allez trop vite. Où courez-vous ainsi? nous ne pourrons vous suivre! Quel chemin prenez-vous? Gusman ne répondait pas; mais les deux autres chevaux suivaient la trace de leur camarade, et peu de temps après, ils s'arrêtèrent devant une maison dont Gusman avait su s'informer la veille, et qu'on a déjà devinée, c'était la maison d'Angéla.

Maintenant, dit Gusman en se tournant du côté de fabrice et de Québrantador, il ne me manque plus qu'un prétexte pour entrer dans la maison. — Un prétexte? répondit Fabrice : nous cherchons une auberge pour passer la nuit, nous frappons, on nous ouvre : Messieurs, dit-on, vous vous êtes trompés, mais nous ne vous laisserons pas passer la nuit dehors, entrez. Vous reconnaissez les dames, elles vous reconnaissent aussi, la conversation s'engage : et c'est à vous à faire le reste. — Je n'aurais pas mieux dit, reprit Québrantador : si ce n'est, qu'en cas de refus, nous faisons le siége de la maison, comme jadis je fis celui de Gravelines, nous la prenons d'assaut, nous entrons dans la place, et la garnison se trouve à notre discrétion. — Point de violence, maître Québrantador, dit alors don Gusman · suivons l'avis de Fabrice.

Aussitôt celui-ci, frappant à la porte avec force, en valet de grande maison, cria à tue-tête : holà, eh, monsieur l'hôte, garçons, servantes! eh quoi, tout dort-il dans cette méchante auberge ? Un grand seigneur comme mon maître, est-il fait pour attendre sur une route?

Pas le moindre bruit, pas le moindre signe d'existence ne fit supposer qu'on entendait la harangue de Fabrice, ni les juremens dont Québran-

tador crut devoir l'accompagner. —
Qu'est-ce à dire, demanda Gusman,
n'y aurait-il personne dans cette maison ?

Ils frappèrent de nouveau, et recommencèrent le bruit; sans obtenir
de réponse. Gusman tout pensif, dit:
j'ai été prévenu. Manuel Bordognès
m'a devancé; il a parlé de s'embar-
quer; courons à l'embouchûre du
Guadalquivir. — Quoi, mon cher
maître, lui dit Fabrice, vous abandonnez ainsi la place ! — Et sans y
laisser garnison, dit Québrantador.—
Je ne me trompe pas, répondit don
Gusman. Il a deux heures d'avance
sur nous; mais nos chevaux sont excellens; et puis on ne voyage pas avec
des femmes aussi vîte que nous pouvons le faire ! marchons donc vers le
petit port de San-Lucar, et le premier
pavillon hollandais que nous aper-
cevrons, sera celui sur lequel nous

demanderons passage. Ou je suis bien
trompé, ou nous ferons la traversée
en bonne compagnie.

Le jour commençait à poindre,
comme ils allaient continuer leur
route; la porte de la maison s'ouvrit,
Pedro parut sur le pas de la porte,
mais apercevant les trois cavaliers,
il jeta un cri et se renferma brusquement. Il y a quelqu'un, dit Gusman :
frappe de nouveau, Fabrice. Et Fabrice frappa à tour de bras. La fenêtre du premier étage s'ouvrit; et Pedro allongeant sa tête avec précaution, demanda ce qu'on voulait. —
Parler à la senora Inès ou à sa fille,
répondit Gusman. — De quelle part?
— De quelle part! c'est de la mienne :
ai-je l'air d'un homme qui parle
pour les autres? — Eh bien, reprit
Pedro, si vous venez encore de la
part de don Salvador ou de la très
sainte inquisition, vous venez trop
tard. Il n'y a plus dans la maison que

la vieille Catalina et moi, qui sommes
bons chrétiens, et non pas du gibier
pour les auto-da-fés. Quant à notre
jeune parente, je la crois sage, ver-
tueuse et catholique plus que le pape
lui-même ; mais elle a bien fait de déguerpir, et à l'heure qu'il est, je la
crois pour le moins au détroit de Gi-
braltar, si le diable ou un calme plat
n'a pas arrêté son vaisseau. — Il referma la fenêtre sans attendre de
réponse, et don Gusman, piquant des
deux, se dirigea vers le port de San-
Lucar de Borroméda.

~~~~~~

CHAPITRE XII.

« La trahison a la physionomie d'un homme
» de bien, et le corps d'un serpent. »

BOCCACE.

Fernand-Carlos, sans se douter de
ce qui se passait hors de son château,
songea qu'il avait un prisonnier auquel il fallait porter de la nourriture.
Ce fut Carlos qui, le premier, dit à
son frère ; voilà douze heures que ce
malheureux est dans la chambre souterraine, il est nécessaire de pourvoir
à son existence. Charge-toi de ce soin,
répondit Fernand, je ne puis que le
haïr. Carlos emplit un panier de quelques provisions, Fernand s'arma de
deux pistolets qu'il mit à sa ceinture.
Carlos passa le panier à son bras, et
prit une lanterne, tandis que Fernand
se chargea des clefs, en disant : je

crains ta compassion et je me charge
de notre défense ou de notre sûreté.
Ils arrivèrent à la chambre souterraine.

Salvador leva les yeux, au bruit
que fit la grille en tournant sur ses
gonds. Il était assis à la place où Fernand-Carlos l'avait laissé.

Voici de la nourriture, dit Carlos.
Salvador, qui avait eu le temps de
réfléchir et de préparer les ressources de son hypocrisie, prit un ton
doux et soumis, et répondit : je vous
remercie. Je suis un grand pécheur,
Dieu me punit : puisse mon humilité
et ma résignation expier mes fautes
passées. Je ferai ici-bas mon purga-
toire. — Sans rien ôter à la part de
l'enfer, dit Fernand. — Arrêtez, reprit Salvador, vous ne savez pas sur
qui tomberait votre malédiction. —
Sur un monstre que je voudrais écraser, dit Fernand, et sa main, guidée
par la fureur, se posait sur son pis-

tolet. Salvador voyait ce geste avec
effroi. Arrêtez, encore une fois, dit-il,
avec un accent terrible. Je le vois,
vous voulez ma mort : en vain cette
autre tête ressent pour moi de la pitié, je lis dans vos yeux la fureur et
la vengeance : mais si vous êtes chrétien, si une créature comme vous a
quelque religion, ayez pitié de mon
âme, ne me laissez pas mourir sans
confession. — Et à qui veux-tu te
confesser, demanda Fernand ? — Au
père Ambrosio que vous connaissez.
Les révélations que j'ai à lui faire vous
concernent, et peuvent influer sur
votre avenir, dans ce monde et dans
l'autre.

— Tu cherches un subterfuge pour
m'échapper. Songe que tu nous a mis
dans une cage de fer, que tu nous en-
voyais au supplice des flammes, et dis-
moi si tu connais la peine du talion.

Salvador, qui était encore assis, se
leva lentement, porta les yeux et les

bras au ciel, comme s'il faisait une oraison mentale; et au bout de quelques minutes, laissant tomber ses bras, baissant sa tête sur sa poitrine, et fixant les yeux vers la terre, il dit, d'une voix à demi étouffée : apprenez, être extraordinaire, les terribles soupçons qui se sont formés dans mon sein. Lorsque Manuel m'a rappellé Bruxelles, et m'a appris que vous deviez la naissance à Maria de Melsem, savez-vous quelle affreuse lumière il a fait jaillir au fond de mon cœur?

La surprise et le silence de Fernand et de Carlos annonçaient assez que leur curisosité était vivement éveillée.

Eh bien, dit Salvador, que ce jour soit ou non le dernier de ma vie, il faut que ce poids horrible cesse d'écraser ma conscience, il faut que la lumière du jour éclaire ce soupçon obscur...Fernand, Carlos, je ne vous suis peut-être pas aussi étranger que

vous le pensez. Vous tenez peut-ètre
à moi par des liens...... Il s'arrêta
comme s'il eût craint de révéler un
grand mystère. — Grand Dieu! s'é-
cria Carlos. — Fernand continua de
garder un silence farouche. Salvador
ajouta : Maria de Melsem, votre mère,
habitait la Flandre, don Antonio de Vargas l'emmena en Espagne : mais son
cœur n'était plus à elle. Maria aimait,
elle avait été contrainte par sa famille.
Don Antonio reçut sa main, il usa des
droits d'un époux, Maria jura de remplir ses devoirs : mais un amant jaloux,
désespéré, décidé à mourir s'il le fallait pour satisfaire sa passion, quitta
sa patrie, la suivit en Espagne, et à
force de persévérance...

Tu as menti, reprit don Fernand ;
tu souilles la mémoire de ma mère ;
tu seras puni de ma main. *Je vais te
tuer !....* TE TUER ! répéta-t-il en
grinçant des dents !.... et il tenait son
pistolet. Carlos, saisi d'horreur, ar-

rête le bras et fait tomber le pistolet.
Salvador se lève précipitamment,
ramasse l'arme et s'élance du côté de
la porte, Fernand saisit son second
pistolet; Salvador tire ; Fernand ri-
poste ; les armes n'atteignent personne ; la fumée de la poudre remplit la chambre , et quand Fernand-
Carlos est sorti de l'état de stupeur
dans lequel cette scène extraordinaire
l'avait jeté , il s'aperçoit que Salvador
a disparu.

~~~~~~~~~~~~~~~~~~~~~~~~~~~~~~~~~~~~

CHAPITRE XIII.

« De la fureur qui les dévore,
» Ces fiers ennemis embrâsés,
» M'accusent tous les jours encore,
» De mille crimes supposés.
» Pressé par l'horreur et la crainte,
» Je t'adresse ma juste plainte,
« Je dis dans mes transports divers :
» Ah ! seigneur, que n'ai-je les ailes
» Des plus légères tourterelles
» Pour me sauver dans les déserts.

<div align="right">Mlle CHÉRON.</div>

Le jour commençait à poindre.
Fernand-Carlos, qui s'était jeté dans
un fauteuil, sonna Enrique, et Fernand lui ordonna, dès qu'il parut,
d'avertir ses hôtes qu'il désirait leur
parler d'une affaire importante. Enrique ne bougeait pas. A quoi penses-
tu? lui dit Carlos. Tu vas mettre mon
frère en colère. — De quels hôtes
voulez-vous parler? demanda En-

rique, est-ce que vous ignorez que
tout le monde est parti cette nuit du
château ? — Excepté , sans doute ,
mon oncle Manuel, lui dit Carlos. —
Lui , comme les autres; il n'y a plus
un cheval à l'écurie, et pas un maître
dans le château.

Un soupçon subit s'éleva dans le cœur
de Fernand-Carlos qui, sans en dire davantage, sortit précipitamment et courut à la maison d'Angéla. Pedro, surpris
d'entendre encore frapper, se mit à la
fenêtre , et fit la même réponse qu'il
avait faite à Gusman. Fernand-Carlos
reprit soudain la route du château. Il
rentra dans son appartement, et, après
une heure de silence , le dialogue
suivant s'établit entre les deux frères.

FERNAND.

Carlos , nous avons été jetés sur la
terre pour servir d'épouvantail aux
uns, et de jouet aux autres. Ne cherchons plus le monde ; vivons seuls ,

7 *

éloignés de toute habitation , et loin
du lieu qui a vu notre enfance. Fuyons
dans un désert , habitons un antre
sauvage , nous y vivrons de la chasse
et des fruits de la nature; mais, avant
d'exécuter ce dessein , détruisons jusqu'aux moindres traces de notre séjour
ici. Que la maison de nos aïeux de-
vienne un amas de ruines et un mon-
ceau de cendres.

CARLOS.

Il est vrai que nous ne sommes
point faits pour vivre dans ce monde.
nous blessons toutes ses lois; fuyons-le :
mais pourquoi détruire la maison pa-
ternelle ?

FERNAND.

Eh ! savons-nous qui est notre père?
Salvador a versé sur mon cœur une
goutte de poison qui d'abord n'a causé
qu'une atteinte légère ; mais qui s'é-
tend , pénètre , brûle..... Lui , mon

père !..... ah ! je me tuerais sur la place , si j'en étais sûr !

CARLOS.

L'imposture est visible. Il a voulu, par un mensonge , arrêter ton bras prêt à l'exterminer ; mais s'il tenait à nous par les liens de la nature , aurait-il cherché à nous arracher la vie ? car il a tiré son pistolet sur nous.

FERNAND.

Sais-tu jusqu'où cet homme peut porter la profondeur dans le crime ? Il a tourné l'arme qu'il m'opposait contre mon cœur , pour en couvrir le sien. Il a supposé que la nature, dont il a dépouillé tous les sentimens, agirait encore sur moi ; que j'oublierais ses tentatives infernales , le métier de bourreau qu'il exerce , et que ce titre qu'il usurpait , serait une égide qui le préserverait de ma vengeance et de ma fureur. Il ignore que j'ai maudit celui qui m'a donné la naissance, que je regarde mon être comme un fardeau, que je suis effrayé de l'espace qui me reste à parcourir, et que si ta vie ne dépendait pas de la mienne, j'aurais déjà mis un terme au rêve fatigant de mon existence.

CARLOS.

Mon frère, calme ton âme agitée; écoute mes projets de repos. Le bonheur parfait n'est pas de ce monde; mais l'absence des passions en est l'image. Jeunes et sans expérience, nous nous sommes lancés sur une mer orageuse; nous avons été accueillis par une tempête. Pourquoi naviguer dans des parages inconnus? pourquoi nous jeter au travers des scènes de la société, nous qui sommes étrangers à ce drame dont nous dérangeons l'ordonnance et la régularité?

Sans nous enfoncer dans un désert

sauvage ; sans nous proscrire nous-
mêmes, en nous mettant au rang des
brutes qui habitent les cavernes : qui
nous empêche de choisir une habitation riante et commode, où notre
solitude ne sera point interrompue ;
où l'étude de la nature, la culture de
ses productions occupera notre vie
innocente, et où nous oublierons les
premières et funestes impressions d'un
sentiment trop dangereux pour nous?

Fernand, plus calme, écoutait son
frère dont la voix douce et persuasive
semblait apaiser le torrent de ses
pensées. Carlos continua : — Ce château est une habitation trop remar-
quable. Le voisinage de San-Lucar
est trop dangereux pour nous. Le revenu considérable dont nous jouis-
sons, et qui nous est assuré par les
contrats que nous avons trouvés dans
le coffre de fer plein d'or, de notre
chambre, nous donne les moyens de
vivre dans une indépendance absolue.

Substituons notre château , avec une dotation suffisante , à notre cousin don Gusman de Vargas qui sera chargé de nous faire parvenir nos revenus dans la retraite que nous aurons choisie , et qui soutiendra convenablement le nom et le rang de notre famille. Parle, mon frère; approuves-tu ce projet ? renonces-tu à de vaines chimères.... qui me font encore soupirer , mais que je sacrifie à l'espoir d'un doux avenir , d'une longue paix intérieure , et à la conservation de ton amitié pour moi ?

FERNAND.

Carlos , les anges ne parleraient pas mieux que toi. Jusqu'ici je t'ai guidé , je t'ai entraîné dans les premiers pas de la vie ; je t'ai conduit au bord des précipices ; nous avons traversé , sans secours , sans appui, les orages du monde auquel nous devions rester étrangers ! J'éprouve un besoin de repos et de calme qui me

fait désirer d'être conduit à mon tour.
Saisis le pouvoir que je t'abandonne;
profite de l'affaissement de mes vo-
lontés, de la faiblesse où je me trouve
comme un malade après une crise vio-
lente, pour faire de moi ce que tu voudras : agis promptement ; je ne puis
te répondre du temps que durera mon
apathie ; mais quand tu auras disposé
de moi, je serai contraint de me con-
former à ma situation.

Dans cette disposition d'esprit, pro-
duite par une extrême contrariété ,
Fernand n'était pas fâché de s'abandonner à son frère. Les esprits violens
sont ordinairement les moins tenaces
et les moins susceptibles de patience
dans l'exécution de leurs projets. Carlos laissa donc la tête de Fernand s'a-
bandonner à de vagues rêveries , et
il alla sur-le-champ trouver Enrique,
leur vieux confident , pour lui faire
part des idées qu'il avait conçues , et

le consulter sur les moyens de les
mettre à exécution.

Oh ciel ! s'écria Enrique , quitter
le château de vos pères ! abandonner
ce noble fief où vous pourriez être si
heureux , et exercer tous les droits
de la suzeraineté ! — Taisez-vous ,
Enrique , reprit Carlos , et dites-
moi seulement qui a soin de remplir
régulièrement ce coffre dans lequel
Jacinthe puisait quelquefois , et que
nous avons trouvé plein d'or , ce qui
m'annonce qu'on n'a pas fait un grand
usage de ces richesses , et qu'elles y
ont été accumulées depuis plusieurs
années.

Celui qui s'est chargé de ce soin
jusqu'à présent, dit Enrique, n'a jamais témoigné le désir de vous être
connu. Cependant , il m'a donné les
moyens de le prévenir , s'il vous arrivait quelque chose d'extraordinaire;
et il me suffira de lui envoyer un ex-

près aujourd'hui , pour que demain soir il soit ici. — Qui est cet homme , demanda Carlos ? — Il se nommera , s'il le juge convenable ; mais c'est un homme qui vous aime , et qui vous est dévoué. — Pourquoi ne l'avons-nous jamais vu ? — Il vous dira ses motifs. — Fais-le prévenir le plus tôt possible. — Sur-le-champ , répondit Enrique , et il se retira.

~~~~~~

CHAPITRE XIV.

« L'envie est un mal nécessaire ;
» C'est un petit coup d'aiguillon
» Qui nous force encore à mieux faire.
» Dans la carrière des vertus ,
» L'âme noble on est excitée.
» Virgile avait son Mævius,
» Hercule avait son Eurysthée !

VOLTAIRE.

Le docteur Juan-Perès était l'homme
dont Enrique avait parlé à Fernand-
Carlos. Lorsque le vieux concierge
vint le demander au couvent; on lui
dit qu'il était à la maison de campagne
de don Salvador, qui l'avait fait ap-
peler ; mais qu'il devait revenir, car
il était le médecin du couvent. Le
frère portier dit à Enrique de l'attendre, et celui-ci s'établit dans un coin
du logement, tandis que le frère por-

tier reprit un gros livre qu'il lisait, et continua sa lecture avec la plus grande attention.

—Ne vous gênez pas, mon frère, lui dit Enrique, achevez votre bréviaire.

—Je ne dis point de bréviaire, dit le frère portier, je n'ai point l'honneur d'être dans les saints ordres, je ne suis qu'un indigne frère laï.

— Un frère laï! et vous savez lire?

—Oui, mon frère.—Vous lisez là, sans doute, *la Fleur des Saints* ou *la Rose Mystique,* ou.....—Vous êtes curieux, mon frère, reprit le portier ; mais, puisque vous désirez savoir quelle est la lecture qui m'occupe, apprenez que c'est l'*Araucana* de don ALONZO D'ERCILLA. —Je ne connais ni cet ouvrage, ni son auteur, répondit Enrique; mais, sans doute, Alonzo Ercilla est quelque grand saint espagnol nouvellement canonisé.—Non ; le brave Alonzo Ercilla fut poète et

guerrier. Il combattait le jour, et
la nuit il écrivait ses vers admirables
sur de petits morceaux de cuir. Or,
jugez combien il lui en fallut, puisque ce poême est en trente-sept
chants. — Par saint Crépin, s'écria
Enrique, de combien de paires de
souliers il a privé l'Espagne! Le frère
ne put s'empêcher de sourire de la
réflexion. Enrique, jetant les yeux autour de lui, vit entre un crucifix et une
madone, une petite bibliothèque.—
Prêtez-moi, dit-il au frère, quelque
livre de prières, afin que j'attende
plus patiemment le docteur Perès. —
Vous aimez la lecture, à ce qu'il me
paraît, mon frère, lui dit le portier;
mais je n'ai guères de livres à votre
portée. Voulez-vous, continua-t-il,
la *Lusiade* DU CAMOENS? *la Galatée* DE
MICHEL DE CERVANTES SAAVEDRA? ou
quelques comédies du jeune et illustre LOPÈS DE VEGA?—Mais, mon frère,
dit Enrique, il me semble que tous

ces ouvrages sont profanes, et ne
conviennent guères à votre état. —
Que croyez-vous donc que je sois,
mon frère? demanda le portier, d'un
air qui était assez ironique pour que
le bon et simple Enrique s'en aperçut. — Vous êtes un moine de Saint-
Dominique, répondit celui-ci. —
Non, par tous les diables, dit le
portier avec une grosse voix qui fit
trembler Enrique. Le mot de *diable*,
échappé au portier, donna au vieux
Enrique une idée qui lui fit jeter les
yeux sur les pieds du frère, auxquels
il croyait déjà voir la forme de pieds
de boucs; sa surprise et sa frayeur
augmentèrent, lorsqu'en effet le frère
marcha, et que le pauvre Enrique
ne vit point sortir des pieds de des-
sous sa robe. Il fit aussitôt un signe
de croix, en s'écriant : *Abrenoncio
Satanas !* Au nom de mon saint patron et de mon ange gardien, seigneur démon, ne me tordez pas le

col! — Eh qui diable appelle-tu démon, demanda, en riant, le portier;
d'où te vient cette terreur panique,
est-ce moi qui te l'inspire? — Au nom
du ciel, reprit Enrique tout tremblant et se jetant à genoux, mon-
trez-moi vos pieds! — Et comment
veux-tu que je te les montre, vieil
imbécille, puisque je n'en ai pas! En
disant ces mots, il retroussa sa robe,
et Enrique vit deux jambes de bois,
sur lesquelles le frère portier se sou-
tenait avec beaucoup d'adresse. Il ne
pouvait en croire ses yeux, et, comme
saint Thomas, il avait bien envie de
toucher pour s'assurer que ce n'étaient
point des jambes de bouc; il avançait
et retirait sa main, lorsque le portier
lui donna de l'une de ses jambes, sur
les doigts, un coup bien sec, qui fut,
pour le poltron incrédule, une preuve
convaincante. — Eh bien, est-ce un
coup de pied, ou un coup de bâton
que vous vous êtes attiré, mon frère?

demanda gaiement le portier. Apprenez, car il faut toujours apprendre, que je suis un *oblat*; et, si vous ignorez ce que c'est, sachez que, dans chaque abbaye ou prieuré de fondation royale, notre gracieux monarque a le droit de placer, sous ce nom, un soldat invalide, qui est nourri et entretenu aux frais de la communauté, et qui a part de moine, à la charge, par lui, de remplir une fonction subalterne comme celle de garder la porte, de balayer les cours, ou de sonner les cloches. J'ai eu le malheur de perdre les deux jambes, d'un coup de canon, à la bataille de Lépante, auprès de mon ami et camarade *Michel de Cervantes,* qui n'eut que la main gauche blessée d'un coup d'arquebuse. Mais, comme dit *Lopès de Vega,* dans son Laurier d'Apollon, *cette main estropiée est capable de faire vivre éternellement son maître.* Quant à moi, qui n'ai pas le génie de l'illustre auteur

de *don Quichotte* et des *Nouvelles*, je
suis trop heureux, après avoir perdu
mes membres et ma fortune, que la
protection du noble comte de Lémos
m'ait fait obtenir cette pètite retraite.
Je n'ai d'autres fonctions que celles
d'ouvrir la porte du couvent au point
du jour, et de la fermer le soir, sans
m'inquiéter qui entre ou qui sort,
car les pères, qui ne sont pas rentrés
au soleil couchant, ne m'ont jamais
fait relever la nuit pour leur ouvrir la
porte.

—Je vous demande pardon, mon
père, dit Enrique, de ma sottise et
de ma poltronnerie, qui ne provien-
nent que de mon ignorance; mais je
ne connais ni Don Quichotte, ni les
Nouvelles, ni Michel de Cervantes.—
Vous pouvez, mon frère, faire connaissance avec lui; car il est depuis
quelque temps dans ce pays, et sa
pauvreté est cause qu'il vient manger
avec moi l'ordinaire du couvent. —

Sa pauvreté! — Oui, le plus beau
génie de l'Espagne n'a pas de quoi
vivre. — Et vous venez de me dire
que sa main, quoiqu'estropiée, était
capable de le faire vivre éternellement. — Sans doute, continua le
portier, de le faire vivre après sa
mort : tel est le sort de la plupart des
gens de lettres et des écrivains; et
cependant, mon ami Cervantes ne
s'est pas contenté d'écrire ; il a aussi,
comme je vous le disais, versé son sang
dans les combats. Pour vous, homme
simple et tranquille, remerciez le
Ciel de vous avoir refusé du génie ou
de la bravoure ; car vous auriez pour
perspective d'être persécuté ou de
mourir de faim, trop heureux si vous
obteniez comme moi la garde de la
porte d'un couvent de moines. N'est-
il pas humiliant que ces pieux fai-
néans soient propriétaires de ces
beaux domaines, et que don Pedro
d'Aguilar, gentilhomme d'Andalousie, qui peut se vanter d'avoir été un

vaillant soldat, qui a étudié et qui fait assez passablement des vers, n'ait d'autre ressource que celle de porter une robe de moine pour cacher ses deux jambes de bois, et d'ouvrir et fermer la porte d'un couvent de Dominicains, dont la moitié ne sait pas lire, on ne veut pas s'en donner la peine.

Comme le *portier-oblat*, don Pedro d'Aguilar, achevait sa philippique, Enrique vit entrer un homme de quarante à quarante-cinq ans, mal vêtu, mais qui, sous son mauvais habit, conservait un port noble et un air distingué. Il avait le visage long, les cheveux châtains, le front uni et ouvert, les yeux gris, le nez aquilin et bien proportionné, la moustache grande, la bouche petite et la barbe grisonnante (1).

_____

(1) Cervantes achève ainsi lui-même son portrait, dans la préface de ses nouvelles.

« La barbe d'argent qui était d'or il y » a vingt ans. Les dents ni grandes ni petites,

« Dieu vous garde, mon cher don Pèdre, dit en entrant l'homme mal vêtu. — Serviteur, ami Cervantes, répondit le portier : quelle nouvelle? — Je viens vous faire mes adieux avant de retourner à Séville. — Avez-vous reçu quelque libéralité du comte de Lémos ou de don Bernardo de Sandoval, ce bon et généreux archevêque de Tolède qui vous a déjà secouru (1)? — Non, répondit Cervantes. Ces deux seigneurs, sans qu'aucune adulation de ma part les y ait sollicités, poussés par leur seule bonté, ont voulu me faire du bien et me favoriser; mes ennemis et mes

---

« n'en ayant que six en mauvais état, et « très-mal placées, ne se répondant pas les » unes aux autres. La taille ni grande ni » petite, le teint vif, plutôt blanc que brun, » un peu chargé d'épaules, sans en avoir les » pieds plus légers. »

(1) Vie de Michel de Cervantes, p. 166.

détracteurs en ont pris occasion de
chercher à me nuire. Un misérable
Aragonais a imprimé que j'avais eu
recours à l'église, et que je m'en
étais fait conférer le caractère. Il
ajoute que je suis vieux, manchot et
envieux! Il n'est pas en mon pouvoir
d'arrêter le temps; ma blessure est
honorable; et, quant à l'envie, ce
n'est pas lui qui me la fera connaître.
— Savez-vous qui est cet ennemi, et
ne pouvez-vous le réduire au silence?
— Je me garderai bien de lui répondre, si, comme on me l'a dit, il est
ecclésiastique; et encore moins s'il a
la qualité de ministre subalterne du
Saint-Office (1). — Je vous plains:
vous serez donc toujours malheureux? — A quelques-uns le bien arrive tout d'un coup, à d'autres, peu à

_____

(1) Vie de Michel de Cervantes, par D. Greg.
y Siscar, trad. par D. S. L. Amsterd. 1740,
tom. 2, p. 161.

peu, sans qu'ils y pensent : le mal n'observe pas d'autres règles. —Vous avez bien droit de maudire la fortune. — Quand la fortune refuse ses faveurs sans raison, il y a plus d'honneur à les mériter qu'à les obtenir.— Vos ennemis osent vous reprocher votre pauvreté ! —La pauvreté peut couvrir d'un nuage la noblesse de l'âme, mais non l'obscurcir entièrement. Mon ami, ajouta-t-il en souriant, la vertu jette une lumière qui passe au travers des fentes de la pauvreté. —Enfin, mon cher Cervantes, continua don Pèdre, qui vous fait retourner à Séville ? — Vous savez, mon ami, que j'ai fait jouer avec succès plusieurs comédies; j'en ai composé depuis un assez grand nombre, que j'ai encore en porte-feuille.—Et pourquoi ne les représente-t-on pas ?— Parce que les acteurs ne me recherchent point, et que je ne vais point au devant d'eux. — Ils ignorent peut-

être que vous les ayez.—Ils ne l'ignorent pas ; mais comme ils ont leurs poè-
tes à gages, ils ne vont point chercher
mieux que ce qu'ils ont sous la main.
Cependant je voudrais que le public
connût ces ouvrages, que je ne crois
pas indignes de son attention , et je
me décide à les faire imprimer.
Comme je n'ai pas de quoi fournir
aux frais d'impression de ce livre , je
me suis arrangé avec *Jean Villaroel* ,
libraire, qui imprimera pour son compte, et qui en tirera tout le profit, mais
qui me console en m'assurant qu'il
veut bien m'en laisser toute la gloire.
—C'est bien le moins , et , s'il vous
la laisse , c'est qu'il lui est impossible
de vous en dépouiller.—Ne le croyez
pas, répliqua Cervantes; je connais
tel éditeur qui, pour avoir composé
un AVIS de deux pages , et surveillé
l'exécution des gravures d'un ouvrage,
met son nom en grosses lettres sur le
titre, avant celui de l'auteur , et dé-

die au Roi le livre dont quelques écus
l'ont rendu propriétaire, sans que
l'homme de lettres qui l'a composé et
exécuté ait la moindre part à la dédi-
cace et aux avantages qui pourraient
en résulter(1). — Se peut-il qu'un
homme pousse à ce point l'effronte-
rie! Sa conscience ne lui reproche-t-
elle pas ce charlatanisme ? — S'en
rendrait-il coupable s'il avait une
conscience? — Ma foi, mon cher Cervantes, vous devriez *satyriser* un tel
impudent. — Ma plume n'a jamais
volé dans la région satyrique : c'est
une bassesse qui conduit à des dis-
grâces ou à d'infâmes récompenses.
Le Ciel, qui me porte au bien, m'a
toujours conservé l'âme libre et
exempte de la satyre personnelle
comme de l'adulation. Je ne porte
point mes pas où marche le mensonge, la fraude et la tromperie, ruine

(1) Historique, arrivé à Paris en 1819.

entière de la vertu. Je ne me dépite point contre mon triste sort , et je me contente de peu , quoique je désire beaucoup. (1)

Enrique, qui avait écouté tout ce dialogue dans un coin, ému des nobles sentimens qu'exprimait Cervantes, d'un ton simple et modeste, quoi qu'avec fermeté , tomba tout-à-coup à ses pieds et lui baisant la main , s'écria : Mon cher et digne monsieur, que ne prenez-vous une robe pour prêcher tout ce que vous venez de dire là? vous mériteriez d'être canonisé , si vous apparteniez seulement au moindre des ordres religieux de l'Espagne. — Eh ! mon bon ami, dit Cervantes en retirant doucement sa main , je n'ai dit là que ce que doit penser tout honnête homme.

---

(1) Toutes ces pensées sont de Michel de Cervantes.

Je n'ai pas besoin de robe pour en-
seigner la morale , et je ne désire
nullement être canonisé. — Vous le
méritez, reprit Enrique, vous sup-
portez la pauvreté dont les moines
font vœu, vous exercez la vertu
qu'ils prêchent : je ne suis qu'un
homme simple et grossier : mais j'ai
le cœur droit; et si vous veniez à
mourir, j'aurais autant de confiance
dans vos reliques , que dans celles du
R. P. *Inigo,* que l'on a béatifié l'autre
jour. — Et moi , mon frère, lui dit
humblement Cervantes , je vous regarde comme un véritable homme de
bien, ainsi que votre simplicité de
cœur le témoigne. Ce trait ne sera
pas perdu, continua-t-il, en s'adres-
sant à don Pedro, j'aime cette naïve-
té d'un homme du peuple, simple et
franc, qui prend pour un saint celui
qui remplit les devoirs les plus natu-
rels, tant on est habitué à voir des
hommes pervers, et à regarder comme

8 *

extraordinaire celui qui fait moins de mal qu'un autre; cette bonhommie sera un trait aussi piquant que comique pour mon Sancho-Pança. (1) c'est dans la nature même qu'il faut prendre les couleurs avec lesquelles on veut peindre ses personnages.

Adieu, mon cher don Pèdre, mon brave camarade! vous aimeriez autant être en faction devant une redoute que de garder la porte d'un couvent: mais l'homme doit s'accommoder de sa situation, et se soumettre à son sort. Pour moi, je vais encore tenter la fortune et la gloire. J'ai un rival redoutable dans Lopèz de Vega : mais je puis dire à mon avantage que c'est moi qui, le premier, ai représenté les imaginations et les pensées secrètes de

_____

(1) En effet .ce trait se retrouve dans don Quichotte, 2° partie, chap, 16 , lorsqu'il fait la rencontre du chevalier au manteau vert.

l'homme, en mettant sur le théâtre des personnages moraux (2).

Je suis content du prix que m'offre le libraire , et je vais toucher son argent. Je n'oublierai pas les obligations que je vous ai; si jamais vous avez besoin de moi, je vous prouverai que je ne regarde pas la reconnaissance comme la moindre des vertus. Les deux amis s'embrassèrent, et Michel de Cervantes partit.

---

(2) Préface des comédies de Michel de Cervantès.

~~~

CHAPITRE XV.

« Crois-moi , renonce à la cagotterie :
« Mène uniment une plus noble vie ,
» Rougissant moins , sois moins embarrassé ;
» Que ton col tors désormais redressé,
» Sur son piveau garde un juste équilibre.
» Lève les yeux , parle en citoyen libre ;
« Sois franc, sois simple, et sans affecter rien,
» Essaye un peu d'être un homme de bien.

VOLTAIRE.

Enrique attendait le médecin qui avait fort affaire auprès de don Salvador; celui-ci après s'être échappé de la prison où le retenait Fernand-Carlos était allé à sa campagne, s'était mis au lit, et avait envoyé chercher au plus vite Juan Perès. Celui-ci lui tâta le pouls qui battait violemment, et il lui dit : Quelle émotion , seigneur Salvador! que vous est-il donc arrivé? —

Une chose affreuse! on a osé attenter à ma liberté, menacer ma vie! — Vous avez une grosse fièvre, le sang vous monte à la tête, il faut vous mettre les pieds dans l'eau. Une petite saignée me semble indispensable. — Concevez-vous, docteur, cet excès d'audace! — Le lieu où vous étiez enfermé était-il sain, aéré? — c'était un cachot obscur et humide. — Comme ceux où vous faites enfermer vos victimes : vous pouvez maintenant vous faire une idée de ce qu'elles souffrent. — allez-vous recommencer vos jérémiades sur le sort des hérétiques et des impies? — Je ne cesserai de vous répéter la même chose : mais je sens votre pouls qui bat plus violemment et je crains un redoublement de fièvre. — Ordonnez donc promptement quelques remèdes! — Le premier de tous est le calme intérieur ; mais ne vous emportez pas, ne vous laissez point dominer par vos passions. Les désirs effrénés enflamment.

votre sang; la soif de la vengeance est
une altération de votre âme, et si
vous vous y abandonnez, je crains un
paroxysme dont les effets seront très-
funestes. — Docteur, laissez-là les
conseils, et faites votre métier. —
Je ne puis rien faire pour le corps,
si l'esprit contrarie mes opérations.
Etes-vous donc assez matérialiste
pour croire que la partie animale ne
ressente point les influences de la pensée qui vit en elle ?—Vous retombez
dans votre philosophie. — Vous vous
en plaignez parce qu'elle condamne
vos fureurs. — Voilà plusieurs fois
que je vous pardonne, dit Salvador
avec un regard farouche. — Voilà
plusieurs fois que je vous guéris, répondit le médecin avec douceur.

Salvador, contrarié au dernier point,
éprouva une suffocation. Pérès saisit
sa lancette, et lui ouvrit adroitement
la veine; la strangulation diminua,
les yeux rentrèrent dans leur orbite,

et le calme se rétablit sur la figure de
Salvador, qui dit au chirurgien : de
même que vous me tirez le mauvais
sang, où celui dont l'abondance me
nuit, de même les médecins du corps
social versent le sang de ses membres
impurs... Mais docteur, continua-il,
n'est-il pas temps d'arrêter cette effu-
sion ? Je m'affaiblis, le vase est plein...
mettez donc la bande ! — Ainsi, dit
Perès avec sang-froid, vous voyez qu'il
ne faut pas verser le sang avec excès,
sans quoi le corps social s'affaiblira.
Puis, sans trop se hâter en apparence,
il mit le doigt sur la plaie, l'entoura
d'une bande et arrêta le sang.

Après quelques momens de silence;
Salvador dit à Perès.—Vous abusez de
l'ascendant que ma confiance en vos
talens vous donne sur moi. Je dois
vous prévenir, cependant...— Chut,
interrompit le médecin, en mettant
le doigt sur sa bouche. Je vous dé-
fends de parler d'ici à ce soir. La moin-

dre émotion serait dangereuse. Ne vous occupez que d'idées gracieuses et douces. Je vais vous faire une potion calmante, que vous prendrez de demi-heure en demi-heure.

Salvador qui tenait à la vie, et qui était balancé entre ses idées frénétiques et le soin de sa santé, se soumit aux ordonnances du médecin.

Juan Perès, en sortant de chez lui, retourna au couvent, et rencontra, comme il rentrait, Enrique, qui le mit au fait des nouveaux projets de l'homme à deux têtes.

CHAPITRE XVI.

» Vivre sans passions, c'est mourir à moitié. »
» Il faut pour exister, des plaisirs ou des peines.
» Une âme sans désirs est digne de pitié,
» L'ennui remplit bientôt les heures trop sereines.
» Lorsqu'il ne peut agir, l'homme fait des projets :
» Le repos du sommeil est troublé par ses rêves,
» Ses jeux peignent la guerre alors qu'il est en paix,
» Pour courir aux combats il interrompt les trèves :
» A peine est-il au port qu'il songe à voyager.
» Le calme le tourmente, il lui faut des orages.
» S'il est vrai que les fous cherchent seuls le danger,
» Il faut en convenir, le monde a peu de sages.

D. M.

Les arrangemens de famille et les
détails d'affaires intéressent peu le
lecteur, et le romancier se dispense
d'autant plus volontiers de s'y arrêter,
qu'ils offrent à sa plume peu d'occa-
sions de briller. Il ne s'en occupe
qu'autant qu'ils sont d'une nécessité
absolue pour l'intelligence de son su-

jet, ou qu'ils lui fournissent quelqu'é-
tude du cœur humain, quelque pein-
ture de mœurs, ou quelque dévelop-
pement de caractères.

Il nous suffira donc de savoir que
le docteur Juan Perès, chargé, comme
nous l'avons vu, des pleins-pouvoirs
de don Antonio de Vargas, avait arrangé les choses comme Carlos, en son
nom et en celui de son frère, avait paru
le désirer. Mais cela , sans paraître à
leurs yeux. Depuis que Fernand-Carlos avait commencé à avoir de la raison, Juan Perès avait cessé d'avoir
des communications directes avec
l'Homme à deux têtes. Nous verrons
plus tard qu'elles étaient ses raisons
pour agir ainsi.

Don Gusman, sans procès et sans
difficulté, allait donc se trouver
possesseur du château de Vargas,
avec un revenu suffisant pour soute-
nir dignement le nom de cet illustre famille, et Fernand-Carlos s'é-

tait retiré dans une propriété située
sur les bords de la mer, dans un lieu
sauvage et assez écarté de toute autre habitation. Le vieux Enrique et
sa femme Flora avaient voulu suivre
leur maître, et n'avaient emmené
avec eux que deux autres personnes,
c'était le garçon jardinier Simplice,
jeune paysan de la plus grande naï-
veté, et la fille de basse-cour Tonia,
pauvre orpheline que Flora avait re-
cueillie par charité, et qui n'avait jamais vu que les murs intérieurs du
château de Vargas, et l'église de San-
Lucar, où elle allait à la messe le dimanche.

Quelle existence agréable nous allons mener ici, disait Carlos à Fernand, en se promenant sur le bord
de la mer. Quel calme, quel repos!
après tant d'agitations. Jeunes encore,
nous avons goûté la vie dans une
coupe remplie d'amertume; ici, nous
la savourerons dans toute sa douceur.

Point de relations avec les hommes qui
sont égoïstes, méchans, cruels. Aucun
objet, qui puisse réveiller en nous les
passions dont la première atteinte a
pensé nous être si funeste! Une paix con-
tinuelle, et par conséquent un bonheur
parfait. — Mon frère, dit Fernand, après
une course fatigante un voyageur ne
désire que le repos, s'il trouve un
bosquet agréable et ombragé, il s'y
couche sur un gazon frais, et pense
qu'il y voudrait toujours demeurer :
mais quand ses membres cessent d'être
fatigués, et qu'il a repris ses forces, il
continue sa route avec courage. Le
mouvement, l'agitation sont nécessaires à la vie, l'ennui, le désœuvre-
ment sont l'image de la mort. — Qui
nous empêche, répondit Carlos, de
nous créer des occupations? — Elles
seront insuffisantes, dit Fernand,
parcequ'elles n'auront pas de but utile.
A quoi la chasse ou la pêche nous ser-
viront - elles puisque nous n'avons

nulle inquiétude sur les besoins de la
vie? Est-ce à faire briller notre adresse,
puisque nous n'aurons personne pour
nous admirer ? Il en est de même des
beaux-arts que Jacinthe nous a en-
seignés. Pourquoi les cultiverions-
nous, si nous sommes réduits à être
seuls appréciateurs de nos talens. Je
le sens, l'envie de plaire peut seule
produire des merveilles, comme les
besoins de l'homme ont été ses premiers maîtres en industrie. Si nous
n'avions pas ici de domestiques em-
pressés à nous servir, le soin de notre
conservation nous eût occupés, nous
aurions passé nos jours à des travaux
utiles et intéressans pour nous : mais
la sécurité dans laquelle nous sommes
sur nos moyens d'existence, m'ôte
toute énergie, et me rend incapable
de rien entreprendre. —Eh ! qui te
dit, mon frère, reprit Carlos, que
nous aurons toujours cette sécurité?
Qui t'assure que nos biens, qu'on nous

a déjà disputés, ne nous seront jamais ravis? Ne sais-tu pas qu'il ne tient qu'à un fil, que le secret de notre père ne soit révélé; qu'une confiscation peut nous priver de toute sa fortune, que la haine de Salvador veille contre nous, et que maintenant qu'il connaît notre naissance, il peut se servir, pour se venger de nous, de tous les moyens qui seront en son pouvoir. Nous avons mis, dans cette solitude, notre personne à l'abri de ses coups. Nos biens sont transférés à don Gusman, qui sert d'intermédiaire pour nous faire parvenir la part que nous nous sommes réservés : mais si Salvador veut frapper les branches qu'il ne peut atteindre, il sapera l'arbre par ses racines. Il hait mon père, et s'il n'a pas la certitude de sa mort, il n'appaisera sa fureur qu'en nous faisant tout le mal qu'il pourra imaginer.

«Fernand, Fernand, continua Carlos, laisse-moi tempérer quelquefois l'ardeur de ton caractère, c'est plutôt pour ton bonheur que pour le mien, que je t'engage à modérer tes passions fougueuses.

— Je ne suis pas maître de mes premiers mouvemens, dit Fernand, mais je te promets de chercher à me vaincre....... Cependant, mon cher Carlos, regarde cette mer tranquille ; sa surface est à peine agitée ; quelques vagues viennent se briser mollement sur le rivage. Le bruit léger et monotone qui parvient à notre oreille, est comme celui d'une respiration qui indique la vie..... Eh bien, sous cette apparente tranquillité , plus d'un orage couve sourdement. Sous cette surface unie, des gouffres profonds recèlent des tempêtes qui vont peut-être bientôt éclater ! ah, mon cher Carlos, mon sein recèle aussi des orages et des tempêtes ! — Oui, dit Carlos, mais aucun choc violent ne les excitera , et cette solitude

doit te présenter un avenir de calme
et de repos. — Je voudrais en vain
m'en flatter, répondit Fernand avec
un soupir douloureux ; et il cessa de
parler.

Une grotte naturelle , garnie de
mousse, s'offrit aux regards des deux
frères. Carlos témoigna le désir de s'y
reposer. Fernand y consentit. Ils y
entrèrent, et ils ne furent pas plutôt
assis dans ce lieu frais et agréable,
qu'un doux sommeil vint fermer les
yeux de Carlos. La tête de Fernand
était trop agitée pour dormir. Des
idées singulières, des projets bizarres
occupaient son imagination; et, pour la
première fois, il s'aperçut qu'il pouvait
veiller tandis que la tête de Carlos dor-
mait. Il résolut de s'assurer jusqu'à
quel point il pouvait être libre pendant lé sommeil de son frère ; et, lui
couvrant doucement la tête d'un
grand mouchoir de soie, il se leva
avec précaution, et fit quelques pas.

Il hâta sa marche, s'arrêta, s'assit, se releva, parla tout haut, sans que la tête de Carlos ouvrît les yeux, et sans que sa respiration douce et égale fût interrompue un seul moment. Le bras, du côté de Carlos, était immobile. Dès-lors, Fernand crut avoir trouvé une nouvelle existence. Un avenir de liberté se développait devant lui, il en jouissait par avance, et mille pensées chimériques, se revêtant des formes les plus flatteuses, le firent rêver tout éveillé. Il se promit de travailler à tourner en habitude cette position dont le hasard lui avait donné la première idée, et il prit la résolution de commencer par veiller la nuit entière, et de ne s'endormir que quand son frère s'éveillerait, en le prévenant de cet arrangement dont il était persuadé que l'exécution plairait beaucoup à Carlos.

En effet, quand celui-ci se réveilla, Fernand lui demanda s'il s'était aper-

9 *

çu que quelque mouvément eût inter-
rompu son repos. Carlos l'ayant assuré
du contraire, il lui communiqua l'i-
dée qu'il avait eue, de veiller pendant le sommeil de son frère, et de ne
s'endormir que quand Carlos veille-
rait : ce qui leur donnerait à chacun
cinq ou six heures de liberté entière
dans chaque journée. Comme l'habitude peut beaucoup sur nous, qu'elle
devient, dit-on, *une seconde nature,*
les deux frères convinrent de fixer
les heures de leur sommeil selon leurs
goûts. Carlos, qui aimait les veillées
studieuses, le calme du soir, et le silence des premières heures de la nuit,
laissa à Fernand, pour son sommeil,
depuis six ou sept heures du soir jusqu'à une heure après minuit. Fernand, qui avait toujours été matinal,
devait commencer ses veillées à une
ou deux heures du matin. Dès le lendemain, ils essayèrent ce qu'ils avaient
projeté. Les premiers jours, quand

l'un des deux voulait agir pendant le sommeil de l'autre, il troublait son repos ; mais ils y mirent tous deux de la persévérance ; et, au bout d'un mois, chacune des deux têtes était parvenue à dormir comme dans son lit, soit que l'autre veillât en repos, soit qu'elle s'occupât d'études, de lecture ou d'écriture, ou même qu'elle exerçât son empire sur le reste du corps en lui imprimant toutes sortes de mouvemens.

C'est ainsi que ceux qui ont l'habitude des voyages, s'endorment dans une chaise de poste, et ne sont réveillés ni par les cahots, ni par le bruit des roues, ni par la cessation du mouvement de la voiture.

FIN DU SECOND VOLUME.

TABLE DES CHAPITRES

DU SECOND VOLUME.

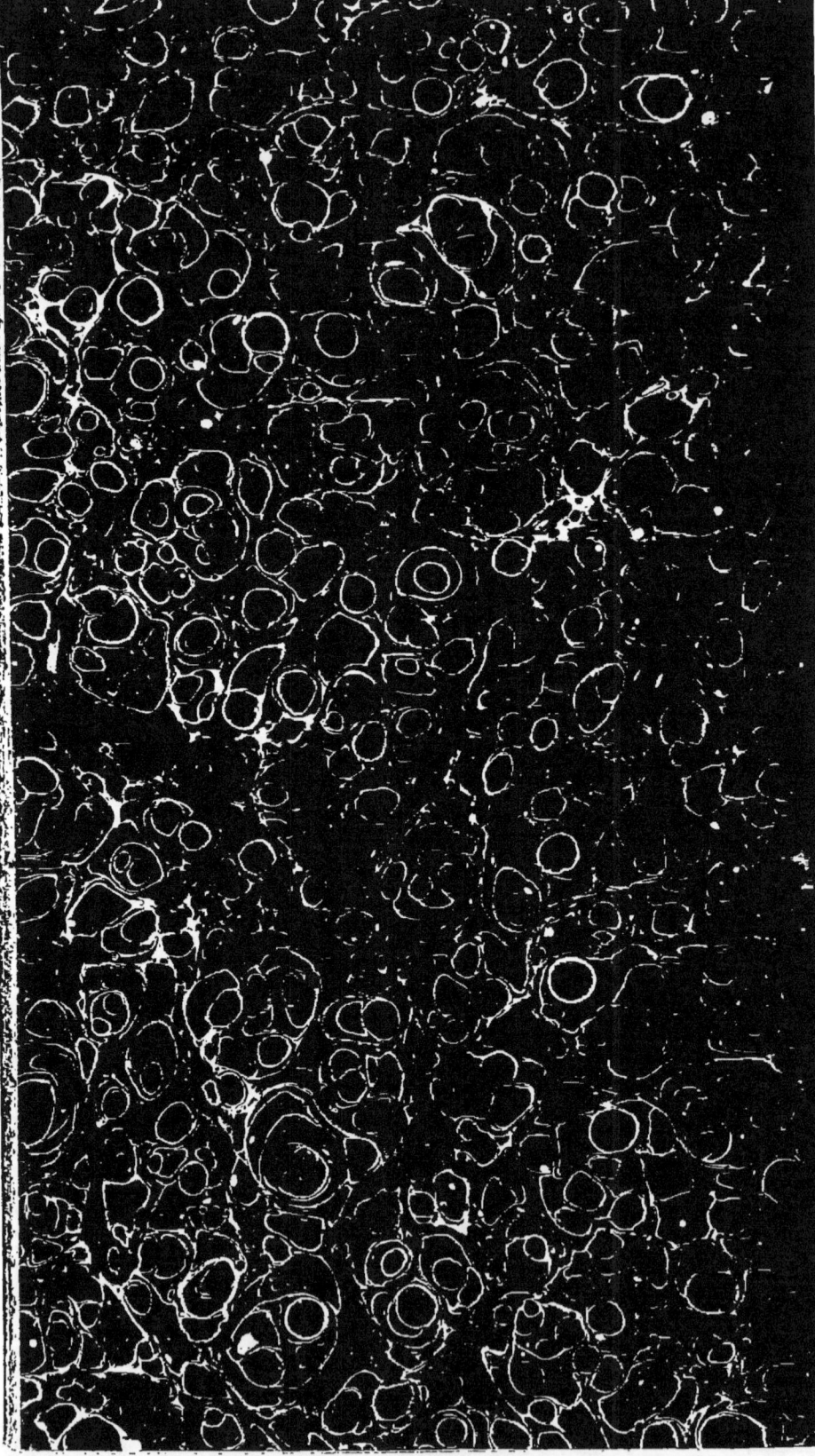

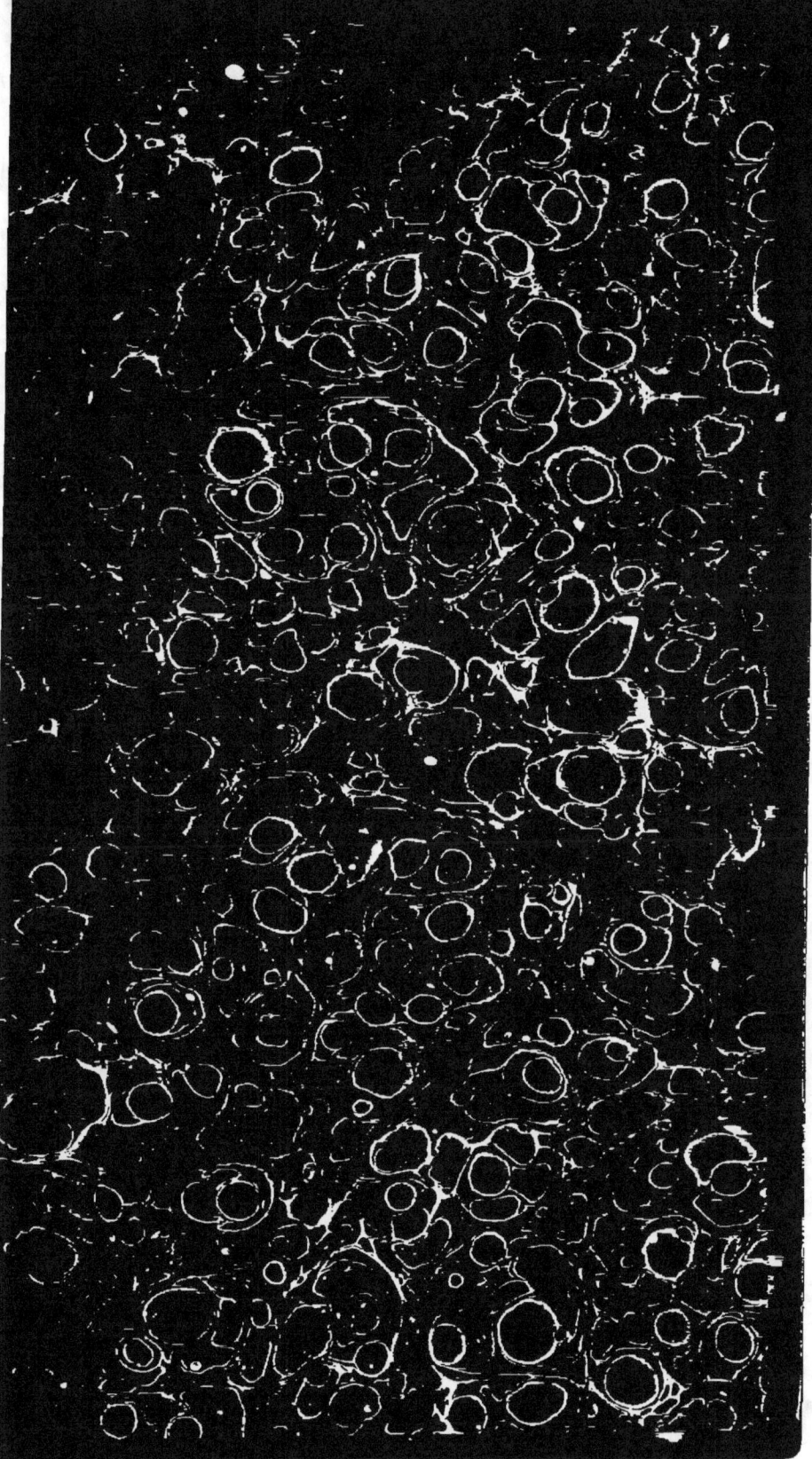